观潮

社长朋友圈的潮新闻

姜 军◎编著

浙江人民出版社

图书在版编目（CIP）数据

观潮：社长朋友圈的潮新闻 / 姜军编著. — 杭州：浙江人民出版社，2023.10

ISBN 978-7-213-11218-8

Ⅰ.①观… Ⅱ.①姜… Ⅲ.①新闻-作品集-中国-当代②新闻-文学评论-中国-当代 Ⅳ.①I253②I207.5

中国国家版本馆CIP数据核字(2023)第191168号

观潮——社长朋友圈的潮新闻

姜　军　编著

出版发行	浙江人民出版社（杭州市体育场路347号　邮编　310006）
	市场部电话：(0571)85061682　85176516
责任编辑	丁谨之　张苗群
助理编辑	林欣妍
责任校对	姚建国
责任印务	程　琳
封面设计	王　芸
电脑制版	杭州兴邦电子印务有限公司
印　　刷	浙江新华数码印务有限公司
开　　本	710毫米×1000毫米　1/16
印　　张	18
字　　数	235千字
插　　页	2
版　　次	2023年10月第1版
印　　次	2023年10月第1次印刷
书　　号	ISBN 978-7-213-11218-8
定　　价	88.00元

小短评中的大"观潮"：
社长朋友圈之学者朋友圈

张志安

浙江日报报业集团社长、党委书记姜军在潮新闻客户端百日升级活动现场致辞时谈到，他从 2023 年 3 月 13 日起，在朋友圈里推荐、转发、评论超过 100 篇潮新闻的优质内容，切身感受潮新闻不断成长，并带动集团全体形成支持潮新闻发展的良好氛围。

如今，姜军社长的这些转评潮新闻客户端报道的朋友圈中的文字，正式结集出版，笔者很荣幸作序。为区别于以往为图书所作序言，笔者也想尝试用姜军社长朋友圈的文字风格，言简意赅地写一篇《小短评中的大"观潮"：社长朋友圈之学者朋友圈》，既呼应这本风格独特的图书，也方便笔者、学界业界同仁转推此书时摘编并发朋友圈。

朋友圈"观潮"大概是第一个

笔者的朋友圈里社长、总编有很多，但像姜军社长这样高频次、高质量、高互动评端的媒体掌门人，很少见。姜军社长在新媒体传播语境下，通过朋友圈转发、点评新闻的行为，与纸媒时代通过橱窗栏展示报纸并进行点评的方式有异曲同工之妙。这既有利于对内的业务交流，又有利于优质稿件的进一步传播，是对主流媒体优质内容移动分发、社交扩散和网络传播的有益探索。这样持之以恒的社长，实在不多；把朋友圈点评内容结集成书的，姜军社长大概是第一个。

是推介报道，更是增量传播

姜军社长朋友圈中的转发、点评，跟一般意义上的转发、点评最大的不同之处在于，它有非常多的增量信息。姜军社长或点评新闻的独特价值，或补充对报道的个人见解，或增补作品背后的重要信息。这类转评，是推介精品报道，更是从社长角度展现了资深媒体人和时政观察者的增量思考。比如，在点评淘宝诞生20周年这条新闻时，由于姜军社长是阿里巴巴新址花落余杭的亲历者，其点评中的小插曲、背景介绍，是普通记者无法提供的。这些独家的内容，让新闻更易在社交圈扩散。

从墙上评报栏到朋友圈推端

在纸媒盛行的时代，社长、总编常常会对当天报纸进行评点，对优质内容勾勾画画、写上评语，公布在评报栏橱窗里。由此，报社人可以从稿件的评点中获得业务反馈，这在很长一段时间里都是新闻业务讨论的有效形式。在媒体融合的当下，评报变成了评端，其实质仍是对优质内容进行评点。不仅如此，将墙上的评报栏转变为朋友圈中的文字，通过社长朋友圈本身的影响力，还能更大程度地传播客户端的优质内容。

从社长朋友圈到"读端"栏目常态化

笔者曾在潮新闻客户端百日升级活动时建议，可以在客户端、微博或微信公众号等更公开的载体和平台，展示姜军社长朋友圈推介的这些优质内容。毕竟姜军社长微信的好友数量有限，在一个更开放的平台共享他的精彩点评，可以让这些点评的价值放得更大。很快，潮新闻客户端正式推出"读端"栏目，邀请专家学者、活跃网友等各行各业的人上点评新闻报道。这些独到的评论虽仅有寥寥数百字，但可以更好地帮助用户理解新闻或换个角度看新闻。潮新闻会将这些散落在朋友圈的"珍珠"收集起来并串珠成链，发布在客户端中，供更多用户品读。"读端"开篇就是姜军社长和第十二届浙江省政协副主席周国辉点评第二届小哥节的报道，独到、独特、独有意味。笔者将这种做法理解为紧密型媒体意见领袖（KOL）的培育实践：社长带头做示范、意见领袖做点评、客户端"报道＋短评"再分发，由此形成了精品内容首发传播和意见领袖增量分发的有效闭环。

《观潮——社长朋友圈的潮新闻》出版的三点意义和启示

姜军社长点评和转推潮新闻客户端的文字结集出版，至少有三个层面的意义和启示：其一，强调移动分发和占据网络舆论主阵地的重要性；其二，延续新闻单位重业务、评业务的优良传统；其三，积极鼓励探索客户端优质内容的从业者。《观潮——社长朋友圈的潮新闻》的出版，进一步折射出媒体自建客户端与互联网超级平台之间的有效互补、有机融合，这将是未来很长一段时间内新闻生态系统及其专业传播实践的核心关系。

小短评中的大"观潮"，模仿姜军社长朋友圈，写成这篇"学者朋友圈"，相信读者朋友会开卷有益、掩卷有思。是为序。

（代序作者为复旦大学新闻学院教授、中国新闻史学会应用新闻传播学专委会理事长）

目 录

篇章三

政务漫谈

篇章一

文化杂谈

文明之光点燃亚运圣火

良渚真是个神奇的地方。今天（2023年6月15日）距亚运会开幕还有100天，是亚运圣火采集的日子。一直到昨天（2023年6月14日）晚上，气象预报都显示今天是阴天。圣火采集肯定是需要阳光的，要在聚光镜的辅助下点燃圣火。早上起来，天还是阴沉的。吉时一到，云消雾散，圣洁的阳光洒在良渚遗址公园的大地上，圣火采集圆满成功。

回顾施昕更发现良渚文化以来的历史，良渚考古每每给世人带来惊喜，但即便发掘了瑶山等高等级的墓葬，良渚始终无法跨入"文明的门槛"。因为关于文明的定义标准一直由西方制定，文字、冶金术、城市是迈入文明的必要条件。虽然良渚有极为精美的玉器、刻符陶罐等，但西方学者认为中国最早的文明起源于距今3500年左右的商代，我们缺乏上下五千年文明的实证。

▶ 杭州亚运会采火使者进行
  圣火采集（吕之遥 摄）

早期的良渚博物院与江南水乡文化博物馆已自豪地讲述过良渚文明，但也只用了"中华文明的曙光"的表述。

良渚古城、良渚水坝等一系列重大考古的发现，与西方学者的深度交流等，改变了西方学者对中华文明构成的看法。他们逐渐意识到社会阶层的分化、国家结构的形成、生产力发展的水准等，都是诠释中华文明的有力支撑。

2019年7月良渚申遗成功，这也是东西方文明对话交流的成功。借助办在家门口的亚运会，良渚文明有了更多机会以"中华文明之光"彰显她的地位与价值。

扫码观看(杭州亚运会推广歌曲《同爱同在》MV)

万众瞩目！杭州亚运会火种采集全过程

2023年6月15日发布

潮友互动

@糖果女孩

火种采集仪式开启了亚运会开幕100天倒计时。期待这颗火种点燃人们对体育、对生命的热情。同时，也期待杭州亚运会促进各国人民之间的交流，让世界更加和平、美好！

@潮客_av8phm

这些着装都很有看点啊，使者缓缓起舞的瞬间让人似乎穿越到了良渚文明时期。音乐和舞美都很"顶"。

@潮客_qvC47p

见证历史的时刻，历史再放光彩，良渚文化见证一个又一个开始和奇迹。

潮文摘要

万众瞩目！杭州亚运会火种采集全过程

6月15日上午，杭州第19届亚运会火种在杭州良渚古城遗址公园大莫角山进行采集。

上午8时50分，以良渚文化为元素的文艺节目情景舞蹈音画《良渚之光》开始。随着悠扬而神秘的音乐旋律，身着远古服饰的良渚"先民们"，缓缓向大莫角山高地汇聚、起舞。

上午9时整，火种采集仪式正式开始。在仪仗队的护卫下，中华人民共和国国旗和亚奥理事会会旗进入会场。

初夏的良渚古城遗址，潺潺流水、呦呦鹿鸣，在大自然声响谱写的原生态交响乐中，19名身着白色服饰的采火使者缓步登上台阶。

"19"这个数字寓意着第19届亚运会。采火使者手持采火棒，走向采火装置。

火种采集利用的是凹面镜对太阳光的反射采火，先是采火使者手中的采火棒被点燃，随后火种盒被点燃，意味着亚运火种采集成功。

良渚古城遗址是实证中华五千年文明史的圣地，在这里采集亚运火种，可谓寓意深远。在中华文明曙光升起的地方，点燃了象征亚洲大团结的体育之火、文明之火、和平之火，这更好地向亚洲人民展示了中华文明的古老悠久和中国人民的美好心愿。

潮新闻

记　者　潘海松　吕之遥

编　辑　郎豫风　孙潇娜　姚朱婧　吴新燕　施菲菲

2023年6月15日刊发

扫码观看

我读"乱书"

观 潮

"轻轻的我走了，正如我轻轻的来；我轻轻的招手，作别西天的云彩。"当徐志摩《再别康桥》的诗句在王冬龄先生的笔下以"乱书"的形式被书写出来的时候，不少网友惊呼"看不懂"。而在英国剑桥大学香美术馆的开幕现场，观众与嘉宾对这样的艺术呈现却并不感到违和。

这个名为"仰望星空"的个展的英文展名是"INK.SPACE.TIME"，我觉得"水墨、空间、时间"或许更能表达展览的主题。"水墨"当然为中国书法所独有的特质；"空间"是指摆脱传统书法的束缚，以草书的形式艺术地挥洒线条，实现字与字

◀ 王冬龄个展"仰望星空"（王冬龄 提供）

的重叠，让书法不是在一个平面上表达，而是在一个多维空间里绽放；"时间"可以理解为"乱书"不是一时兴起之"乱"，而是60多年如一日，每日临池不辍，致敬传统，所谓"乱书"其实不"乱"。

记得在《王冬龄书法艺术60年》画册的扉页上，先生给我题写了四个字："书为心画"。

仰望星空，再别康桥，王冬龄用"乱书"让艺术与科学在剑桥相遇

2023年5月26日发布

潮友互动

@潮客_asurhz
剑桥的学术氛围不必多说，艺术气氛也升级了，不拘泥于形态，自由挥洒。

@潮客_dcnthp
我觉得王冬龄的作品里有一种强烈的表达欲，在"乱"中有态度。

潮文摘要

仰望星空，再别康桥，
王冬龄用"乱书"让艺术与科学在剑桥相遇

著名当代艺术家王冬龄的个展"仰望星空"，于英国当地时间2023年5月25日在剑桥大学香美术馆开幕。

王冬龄用老子的哲学经典《道德经》，以及剑桥大学理论物理学家斯蒂芬·霍金的著作节选，创作了两件巨大的"乱书"作品，让这两位来自不同文化、时代背景的人物，通过现代书法艺术，进行超时空"对话"。

"仰望星空"展览的英文展名为"INK. SPACE. TIME",直译作"水墨、空间、时间"。

这次展览由尤伦斯当代艺术中心策展人容思玉（Holly Roussell）策划。她这样评价这次展览:"在王冬龄的'乱书'里,文本的呈现方式变得抽象、难以阅读,从而超越了它们的原始含义。然而,在这些书法线条中体现的是对文字、宇宙以及变革力量的深刻认识。"

得知展览内容之后,斯蒂芬·霍金的女儿露西·霍金也特别接受邀请为这次展览撰写了前言。她提道:"道家哲学和现代宇宙学家都深深地关注现实的本质、自发性,以及突破常规的乐趣,这赋予了他们推陈出新的勇气。"

著名的剑桥大学社会人类学教授、人类学家、历史学家艾伦·麦克法兰与王冬龄进行了亲切的交谈。他说,剑桥的学术研究虽然有着卓越的成就,但是在艺术史研究领域则偏于保守,多以欧美艺术研究为中心,"通常我们要经过文化交流来更好地认识自己,以外部人的眼光来看才能更加全面。王冬龄教授就是一个很好的例子,他用毛笔书写各种中外经典,以文字为载体,但文字并不是核心,涉及各种文化、宗教、哲学,甚至科学经典;但他并不受其中任何一种世界观约束,而是以文化的态度,将这些对于世界的思考化作了超越性的视觉信息,以量子一样的方式向外辐射出能量。这样的艺术在西方世界当中是很少见的"。

潮新闻

记 者 章咪佳

2023年5月26日刊发

扫码观看

《富春山居图》的秘密

观潮

　　元代大画家黄公望是个奇人。他当过书吏，一开始也想过走仕途，但因受牵连入狱，出狱后似乎大彻大悟，遂号"大痴"，以占卦、卖字为生。50多岁拜入赵孟頫门下学画，自诩"松雪斋中小学生"。晚年隐居富阳小洞天，应道友无用师之约，历时数年绘就旷世名作《富春山居图》，该画有"画中兰亭"之美誉。

　　人是如此，画亦神奇。《富春山居图》几经易手后为"画痴"吴洪裕所得，他临终时以画殉葬，幸其侄手快将画救出，此画也因此被烧成两段，舒展的部分称《无用师卷》，现藏于台北故宫博物院，前段称《剩山图》，现为浙江省博物馆的镇馆之宝。

　　富阳文化人蒋金乐先生痴迷于《富春山居图》的研究，以实景图片对照原画，佐证《富春山居图》的实景地就是富阳。我当然是支持这种观点的，但说黄公望没去过富春江边的其他地方，似乎也不合理。艺术高于生活，黄公望作《富春山居图》未必完全写实，画的也许是他心中的富春山居。

　　有意思的是，从富春江南岸远眺富阳鹳山，所见景色神似《剩山图》，加上鹳山与道教的渊源，黄老先生以此开篇不无道理；又《富春山居图》中沙丘众多，这也为富阳所独有：中沙、新沙、东洲沙、桐洲沙等。我以为实景地之争情有可原，但不必过于纠结于此，现在"打造现代版'富春山居图'"已成为全国新农村建设的口号。如此，我们不妨去"家在富春山居"的新农村，看看他们是如何打造新时代美丽乡村的。

"家在富春山居"现代社区如何打造？富阳有一招

2023年6月13日发布

潮友互动

@潮客_37jeh7

以源远流长的文化传承为底、山水画般的青山绿水为色、创新活力的都市田园为基，全面推动城乡社区现代化发展，让每一位富阳人真切感到"家在富春山居"真好！

@小熊 bear

社区虽小，但关系着千家万户的幸福。作为《富春山居图》的原创地、实景地，富阳放大招了，让居民生活悦享幸福。

潮 文 摘 要

"家在富春山居"现代社区如何打造？富阳有一招

近年来，杭州市富阳区积极探索村集体经济发展新模式，推动"家在富春山居"现代社区建设，以村股份经济合作社公司化经营为方向，强化村集体经营理念，创新经营主体，打造区、镇、村三级协同强村公司矩阵，培育第一批村庄经营试点28家、职业经理人3个、承揽工程试点村3个，为全区乡村共富注入了强大动能。

里山镇安顶村是富阳区第一批村庄经营试点村之一，依托自然资源禀赋，结合富阳区现代版"富春山居图"美丽乡村标杆点等项目，按照市场化运作模式，成功打造"天空之镜"、星空营地、云雾茶吧等业态景点，为"茶叶＋旅游"的发展注入了新动能，也为茶旅融合之路提供了有效保障。安顶村庄经营公司业态运营业务收益已提前达到2022年全年收益水平，实现保底收益135万元，预计还将有部分分红收益入账，核心区块茶叶品牌价值和文旅带动力提升明显；牵引实现全镇安顶云雾茶均价每斤提升100元以上，同时民宿、农家乐收益增效明显，今年"五一"期间，共接待游客4500人次，营业收入41万元，同比增长17%。

可以说，安顶村的发展就是"一片叶子富了一方百姓"的真实写照。在富阳区委组织部的指导下，安顶村打造了"红心绿叶"党建品牌，依托党建联建的优势，理顺人才、技术、资金、管理"四大链条"，畅通培育、采摘、加工、销售"四大环节"，成功招引职业经理人1人、农创客5人。

村庄运营公司在区、镇两级的指导下，紧密围绕区委、区政府打响"富春山居·休闲富阳"文旅区域公共品牌，打造现代版富春山居旅居体验目的地的目标要求，立足山水资源做好茶旅文章，在产销模式、运维管理、共富路径三个方面全面升级，推出"茶叶＋"共富示范2.0模式。

潮新闻

记　者　施安南

通讯员　郎　瑜

2023年6月12日刊发

扫码观看

"诗"与"远方"的牵手

观潮

　　"诗"与"远方"走在一起五年了。现实却并没有想象的那样美好，要么"远方"依旧没有"诗"，要么"远方"的"诗"并不是我们想要的"诗"。

　　文化与旅游的融合比预期的要难得多。文化如诗，它需要慢慢地积淀；文化若酒，它需要慢慢地醇化；文化又似宝藏，它需要慢慢地"挖呀挖呀挖"。

　　旅游的硬件设施或者由政府资金投入，或者由民间资本出资。投资讲求回报，因此旅游似乎就直白得多、率性得多，也"市场"得多。于是，我们在文旅融合的项目中，急急忙忙借来文化的外衣，披在并不合身的旅游项目上，如此既出不了"诗"，也形成不了旅者心中的"远方"。

　　比如，我要去"远方"，吸引我的首先是那里有别样的风景、异样的风情，如此才有"诗"的萌动；其次，要有满足我在"远方"驻足的服务功能，静谧自不可少，琴声悠扬也不可缺，此时的"诗"已然在悄悄酝酿；再者，要有"足以畅叙幽情"的调性，能把古之风雅转化为今之风尚，到了这个阶段，"诗"已水到渠成，"诗"与"远方"自然就融合在了一起。

新昌县"诗"与"远方"的双向奔赴，以唐诗为核，以风景为基，以活动为链，初具"以文塑旅"的态势，值得我们前往一探究竟。

▲ "诗"与"远方"如何双向奔赴（张恬怡　绘）

"诗"与"远方"如何双向奔赴？新昌这个景区"玩"出新花样

2023年6月3日发布

潮友互动

@潮客_qmi3hq

露营、音乐节、书画展，还有各种文创产品，天姥山也太好玩了吧，"种草"了"种草"了。

@银杏 silver

"天姥连天向天横，势拔五岳掩赤城。"唐时"诗仙"梦游地，如今已成一方文旅热土。

"诗"与"远方"如何双向奔赴？
新昌这个景区"玩"出新花样

山峦叠翠、绿影扶疏，六月的天姥山景美如画；文脉延绵、时空回响，四季的天姥山动人如诗。

唐时"诗仙"梦游地，今日风景名胜区。近年来，随着精致花园城市建设的推进，浙江省绍兴市新昌县全力推进天姥山景区的开发，这座文化名山已成一方文旅热土，一个个唐诗名篇里的诗景已变成一处处风景名胜区中的实景。

今年4月，经绍兴市旅游景区质量等级评定委员会发文，确定天姥山景区为国家AAA级旅游景区。眼下，当地又积极筹备国家AAAA级旅游景区景观质量评估工作。

为了丰富游玩体验，景区进行了一系列创新：建设总面积约5000平方米的天姥山帐篷酒店，包括18个新潮的集装箱装配式客房，保留建设区域的原生态景观，让游客拥有"人在诗中"的住宿体验；开展"千年唐风·梦游天姥"天姥唐宫游园会活动，让游客在赏、玩、乐中，感受天姥活力与传统魅力；完善核心区旅游配套设施和服务功能，推进智慧景区建设；实行AAAA级景区管理标准，制定、优化景区管理制度，组建养护团队，培养高标准讲解员；联合文联组织邀请知名作家举办天姥山采风系列活动，开展露营音乐节、书画展、诗路文化季等活动，推出天姥山文创产品……

接下来，当地还将充分发挥天姥山景区示范带动作用，通过旅游业发展，综合考虑"山上＋山下"统筹布局，进一步促进第一、第二、第三产业融合发展，带动周边乡村振兴提速增效、民生显著改善。

潮新闻

共享联盟·新昌　俞帅锋　陈　琪

通讯员　　　　　俞雯雯

2023年6月2日刊发

扫码观看

京都状元富阳纸

说起富阳的元书纸，很多人以为那只是书画的练习纸，其实不然。

富阳竹纸最早始于唐代，它以嫩毛竹为原料制作而成，已有1000多年的历史，享有"千年寿纸"的美誉。2006年，富阳竹纸制作技艺被列入首批国家级非物质文化遗产名录；2016年，富阳更被中国文房四宝协会授予了"中国竹纸之乡"特殊区域荣誉称号。

元书纸是富阳竹纸中的佼佼者，不仅是古代重要档案资料书写用纸，还广泛应用于印刷、书画，为我国历史上三大名纸

▶ 富阳竹纸制作技艺之锤纸（蒋侃 摄）

之一，素有"京都状元富阳纸，十件元书考进士"之赞誉。

富阳竹纸白度不高，强度较好，较为吃墨，因其纤维细密，特别适合书法名帖的临摹与创作，加上其淡黄的本色，颇具古风古韵。近年来又有"非遗"传人开始了竹浆书画纸的创新研制，在竹浆中加入檀树皮、桠树皮等皮料，复原了唐宋时期的书画纸，用起来较为顺手，往往会有出人意料的惊喜。

北京前门的"越竹斋"在向世界推广富阳竹纸和中国纸张文化，我倒是第一次听闻。他们又有着怎样的传奇故事呢？

富阳竹纸的故事，在北京前门向世界推广

2023年6月17日发布

潮友互动

富阳宣传干部@春江潮

一卷竹纸，薄似轻纱却可录尽岁月风华。富阳造纸文明历经了岁月流转、饱经了历史沉浮。宋韵无相而又似世间诸相，传承千年的竹纸便是富阳宋韵文化的具象化体现，亦是富阳宋韵文化组成部分中最重要的一块基石，让原本如秋水浮萍般的富阳宋韵文化研究有了主心骨，有了压舱石。

@潮客-2xeqh4

"杭普"遇上"老北京"，感觉是南与北的碰撞。文化的交织共荣可以促进发展，也能让更多人感受江南独门制纸手艺之美。为这位递流而上的姑娘点赞：胆子大，技艺绝！

@超载极限的挑战者

富阳人在北京，用古法竹纸制作技艺喜迎八方来客。大家都为这种"小而美"赞叹。

富阳竹纸的故事，在北京前门向世界推广

江南女子潘筱英，来自杭州富阳。作为非物质文化遗产传承人，她带着祖传的古法竹纸制作技艺，在北京前门创办"越竹斋"体验馆，向全世界推广富阳竹纸和中国纸张文化。

"人生在世，都有一种使命。我的使命就是，传承祖上传下的技艺，并且将其发扬光大。"潘筱英说，"我还要让全世界都知道，中国是有好纸的！"

在潘筱英心里，真正能活千年的纸，才算好纸。

为了这张"好纸"，她很拼。她全年无休，不仅在北京、富阳两地穿梭，有时还得去云南、贵州、四川等地采购原材料。"为了这张纸，我愿意付出。"她说。

原材料手法得自父亲，古法竹纸制作技艺传自公公，潘筱英说这样的集于一身"也许是冥冥之中的命运安排"。"做纸是我心爱的事业。苦点、累点，我并不怕。别人都说这个行当是男人干的，但我乐在其中。"潘筱英表示。

在她坚持不懈的努力下，"越竹斋"富阳竹纸系列产品从最初的元书纸、白元书、小元书、京放纸共4款，增加到了30多款。

2008年，富阳竹纸正式入驻"荣宝斋"。他们不仅与"荣宝斋"紧密合作，还与"一得阁""朵云轩"开展合作。历经千辛万苦，甚至多次被人说是"疯子"，江南女子潘筱英凭着对这份事业的热爱，不断追求更高品质，在北京前门为富阳竹纸开拓出一片市场。目前，已有40多个国家的国际友人走进"越竹斋"，让潘筱英实现了"向全世界推广富阳竹纸"的愿望。

"越竹斋"还连续五年被北京市东城区教委列为中小学生社会大课堂资源单位。每年来此体验古老造纸术的中小学生不计其数。

潮新闻

记 者　沈爱群

编 辑　梁建伟

2023年6月16日刊发

扫码观看

创新是最好的传承

观 潮

　　非物质文化遗产项目总是让人惊叹的，比如纳西古乐，曲声悠扬，余音绕梁，听端坐整齐、神情安详的长者的演奏，你会感慨"此曲只应天上有"。又如剪纸艺术，一张普通的纸在"非遗"传人的巧手剪裁下，花鸟、人物、山水等"跃然纸上"、栩栩如生。

　　然而，一个现实的问题是，随着众多"非遗"传人慢慢老去，未来许多"非遗"项目我们大概只能在博物馆、"非遗"馆里才能见到。中华优秀传统文化如何创造性转化、创新性发展是时代之问，也是实践难题。

　　2002年，杭州西湖之畔，在雷峰塔遗址的上方矗立起一座典雅古朴、雕梁画栋的新雷峰塔，游客们恐怕想不到这竟是一座金属铜塔，而担任雷峰塔铜工程总工艺师的是"非遗"传人朱炳仁，他也是"朱府铜艺"的第四代传人。

　　铜雕所采用的镂空、叠镶、烘炼、制绿、熔模、点刻等传统技艺是现代工艺所无法替代的，但因为老式铜壶等铜雕产品与现代生活渐行渐远，铜雕工艺的传承遭遇了瓶颈。与故宫博物院的合作让时尚、艺术、生活的铜雕以崭新的方式回归大众的视野，这也让朱氏父子重拾了"让铜回家"的信心。

毕竟，流行是最好的保护，创新是最好的传承。

▲ "朱炳仁·铜"开在北京前门（"朱炳仁·铜"　提供）

"朱炳仁·铜"开在北京　走向世界也走进百姓家

2023年6月24日发布

潮友互动

@永瘦宫主位
让艺术走进生活，融入百姓生活，铜器既是艺术，也是生活。

@一川烟雨
一件件精美别致的铜艺作品，不仅凝结了百年铜艺的智慧结晶，还体现了"中华老字号"发扬传统文化的一份责任。

@寂静森林
艺术的传播力是无限的，必须传承发展下去，让全世界看到中华文化的魅力。

"朱炳仁·铜"开在北京　走向世界也走进百姓家

在北京前门大街这个得天独厚的位置上，始创于清朝同治末年的"中华老字号"——"朱府铜艺"矗立在那儿。在北京，"朱炳仁·铜"深耕十余载，背后有什么故事？

2013年，"朱炳仁·铜"与故宫结缘是因一个共同理念："把故宫文化带回家"。怎样才能把故宫文化与公众更好地分享？时任故宫博物院院长单霁翔想到的是做文创，把故宫传统的文化元素植入时尚新潮的当代工艺品中。

单霁翔找到了朱炳仁。"当时他说，要做好故宫的文创产品，必须具备四个条件，即传统文化基础、创新精神、实际能力、制作能力，而你们恰恰都具备了。"

2014年，在一系列优秀作品的支撑下，朱炳仁受邀作为故宫的文创顾问，在乾隆花园遂初堂创办了朱炳仁故宫文创铜器馆，"朱炳仁·铜"也作为一种品牌入驻故宫，成为故宫博物院唯一的铜器开发经营方。

朱炳仁历时一年，把故宫博物院藏品——唐代韩滉的《五牛图》进行立体化呈现，以全铜材质塑造逼真的五牛雕塑。这个作品，也是首个陈列在故宫广场的现代艺术品。

故宫寿康宫前的两个大铜缸，就是朱炳仁设计的。这也是故宫首次给一个当代艺术家如此殊荣。

朱炳仁的儿子朱军岷在"让铜回家"的理念下，创办了"朱炳仁·铜"品牌，最开始就是在北京热闹的商圈里开出门店。"铜文化不能只藏在故宫里面，它需要走出来，走到老百姓中去。"朱炳仁说，刚到北京前门的时候，父子俩总是在思考一个问题：铜艺产品怎样才能被老百姓喜欢并带回家呢？于是，父子俩专门在产品研发上下功夫，通过产品深挖呈现故宫文化、北京的中轴线文化。"我们还把生肖文化、二十四节气文化、茶文化等融入产品中。"朱炳仁父子成功了。老百姓的喜爱，增强了朱炳仁父子"让铜回家"的信心。

按照朱军岷的说法，使用是最好的保护，消费是最好的传承。

朱炳仁说："每件重要的铜制品，我都将其视为赠给时代的礼物。"在被称为北京"金街"的王府井大街的街心处，朱炳仁的"五牛五福"绝对吸引眼球。在颐和园里，也可以看到园方与朱炳仁合作的作品。自2016年丙申猴年起，朱炳仁每年都会带着铜雕生肖摆件登上中央电视台春节特别节目《一年又一年》。

从浙江到北京讲中国故事，再面向世界吸引人们来听浙江故事，这位被"老外"称为"东方达利"的大国巨匠，用作品与世界对话，也把浙江之美推向了世界。

潮新闻

记 者 姜 倩

编 辑 梁建伟

2023年6月23日刊发

扫码观看

守护西湖的小精灵

拍摄纪录片《孤山路31号》的时候，最打动我的，是导演组对西泠印社旁花鸟草虫的全天候记录。那些小精灵们守护的是一种精神。

西泠桥下的鸳鸯或许也是这种精神存在的象征，这不，今年的鸳鸯家族又添丁了。

有意思的是，西湖鸳鸯护卫队的队员们，把它们称作"春

▲ 西湖上的小鸳鸯（陆建利 摄）

春"一家，这来自"西湖十景"的名称。

他们还规划好了，前十窝西湖小鸳鸯的名字将分别为：春春、晓晓、苏苏、堤堤、曲曲、院院、风荷、平湖、秋秋、月月……

专程迎接八方游客？刚刚今年西湖第一窝小鸳鸯来啦

2023年4月30日发布

潮友互动

@潮客_姗姗 baby

鸳鸯宝贝一出生就是明星！那么多游客来围观。

@bubblemilktea

太可爱了吧！小鸳鸯好萌呀，要长得胖胖的哟！

潮文摘要

专程迎接八方游客？刚刚今年西湖第一窝小鸳鸯来啦

"五一"小长假第二天，2023年度西湖第一窝小鸳鸯出窝啦，像是专程迎接来自四面八方的游客。

西湖鸳鸯护卫队的志愿者陆建利告诉记者，这窝鸳鸯宝宝是西湖景区岳庙管理处的保安在孤山俞楼发现的，时间大约在4月30日16点，一共15只。

西湖边游客很多，为了鸳鸯的安全，保安将鸳鸯宝宝一路护送到湖边，等待它们入水后才放心离开。

今年发现西湖首窝小鸳鸯，比去年晚了7天左右，数量比去年多了5只。

西湖鸳鸯护卫队的队员们把它们称作"春春"一家。这个名字来自"西湖十景"的名称。前十窝西湖小鸳鸯的名字将分别为：春春、晓晓、苏苏、堤堤、曲曲、院院、风荷、平湖、秋秋、月月……

在此，我们也呼吁大家，小鸳鸯需要安全的生长环境，如果你在西湖边见到鸳鸯，千万不要乱投喂。保护动物最好的办法，就是不靠近、不打扰。

潮新闻

记　者　叶怡霖

2023 年 4 月 30 日刊发

扫码观看

诗人不问出处

观潮

诗歌，抒情言志，文字凝练。

生活中的灵光一现，情感中的忧愁伤感，工作中的压抑畅快，都可以成为诗歌创作的源泉。

一群打工者，在工作之余用诗歌记录着他们的青春。车间、村庄、母亲……都是他们创作的题材。

我还是不太喜欢用"打工诗人"来称呼他们。毕竟，诗人不能以职业来划分类别。

有风来 | 借打工人的诗意，祝你节日快乐

2023年5月2日发布

潮友互动

@风帆 666

向劳动者致敬！社会应该更好地为劳动者提供服务，让他们在各行各业大有作为！为劳动者点赞！

@杰拉多尼

每个人都有自己的灵魂舞台，祝福每一个有梦想的打工人。

潮 文 摘 要

有风来丨借打工人的诗意，祝你节日快乐

前几天，记者接触了一些"打工诗人"的作品。

"打工诗人"，这个词可能不够科学，但意思大家都明白，就是这些诗歌的作者都是外来务工人员。

打开那些 Word 文档，"当时我就震惊了"。

这里有天马行空的想象，有被生活暴击的懊丧，也有直面困境的拼劲。

文字背后的他们，来自天南海北，正在打工，或者曾经背井离乡去打工。他们年轻或曾经年轻，在流水线上挥洒青春。

帮记者一起约稿的"打工诗人"李明亮说，这些人，他也不完全认识。

李明亮是安徽宣城人，从小喜欢文学，毕业后外出打工。2003 年，李明亮到浙江台州投靠哥哥，在椒江某个工厂当研磨工。他在出租屋的铁架床上、马路边、车间加班的间歇写诗。诗歌以关注底层打工者的生活状态为主，很快引起了诗坛乃至社会各界的关注。

因为之前自己编过《打工诗人》报，也与别人合编过《打工诗歌》杂志等刊物，还创编了当地《新路桥人文化报》，李明亮加入了很多微信群，认识不少"打工作家"。平时，大家会在群里交流信息和作品。记者看到的诗歌，就来自群里的征集。

潮新闻

记 者 陆 遥

2023 年 5 月 1 日刊发

扫码观看

书法的秘密在节奏韵律

观 潮

    林语堂在《吾国与吾民》中写道，一切艺术问题都是气韵问题。中国人对于韵律的追求早于西方，而这种对韵律的崇拜起源于书法艺术。

    书法教师"蒲公英计划"从富春江畔启航已逾十年。"蒲公英计划"的意义就在于用先进理念和实际行动唤醒了国人对传承与弘扬优秀传统文化紧迫性、重要性的认识，以"审美居先、

▶ 浙江日报报业集团社长、党委书记姜军在"蒲公英计划"十周年高峰论坛上发表主旨演讲（余杭区文化馆　提供）

爱上书法"的崭新理念颠覆了书法教学的一般范式，使书法进课堂、进校园、进家园变得轻松起来、快乐起来，同时又自觉起来、有活力起来，从而为中国书法的传播与普及找到了一条便捷的路径。

全国书法教师"蒲公英计划"十周年高峰论坛暨结业典礼在杭举行

2023年5月2日发布

潮友互动

@大自然树木吴晓哦
　　书法是中国文化的杰出代表，传承书法就是将中华文化发扬光大。

@大求
　　通过书法美育的普及推广，切实提高全民艺术普及水平，让书法"蒲公英"生根发芽、茁壮成长，将书法美育的种子播散到更多地方，种植在人们心中。

@潮客本人
　　"蒲公英计划"书法教师是书法艺术美的体验者、阐释者、传播者、演示者。

潮文摘要

全国书法教师"蒲公英计划"
十周年高峰论坛暨结业典礼在杭举行

　　最早由《浙江日报》《美术报》以及陈振濂教授联合发起的全国书法教师"蒲公英计划"大型公益培训志愿服务项目，到2023年已经走过了10年。5月2日，十周年高峰论坛暨书法名师团学术交流活动·余杭书法名师孵化基地

（第一期）结业典礼在杭州市余杭区举行。

论坛首先从"蒲公英计划"的缘起、启动、迭代、影响、未来五个方面，回顾了10年的发展历程，分享了开新局的多元思路，寄予了对未来的美好展望。

"蒲公英计划"的相关人员从各自的角度出发，分享了"蒲公英计划"各项工作进展情况，以及"蒲公英计划"走进西藏、艺术学校、省直机关等取得的成效。

2012年，受存续中华民族汉字文化之历史使命的感召，全国书法教师"蒲公英计划"大型公益培训志愿服务项目应运而生。坚持公益性、共建共享共育、颠覆式书法教育范式、新时代文明实践理念的"蒲公英计划"，在10年间历经了大培训、大科研、大拓展的发展，为全国20多个省（市、自治区）免费培养了2万余名书法教师和书法人才，强有力地助推了中国书法教育事业的发展。2019年，作为"蒲公英计划"的大科研成果，《书法课》教材出版，同步推出视频课，更好地满足了广大学员共享名家资源的需求。2018年，项目入选新时代文明实践中心志愿服务项目，2019年被中央文明办列入全国新时代文明实践首批示范项目，被中宣部、中央文明办等部门评为全国学雷锋志愿服务"四个100"先进典型·最佳志愿服务项目。

10周年座谈会不仅是一次总结，更是一次出发。"五一"期间，来自全国各地的名师团推荐成员参加了余杭书法名师孵化基地（第一期）的培训。今后，余杭将结合"蒲公英计划"示范区创建，继续开展更多具有广泛影响力、美誉度的全民艺术普及书法活动，通过书法美育的普及推广，切实提高全民艺术普及水平。

潮新闻

记者 俞越

2023年5月2日刊发

扫码观看

杭州有了新"八景"

观潮

　　据不完全统计，杭州市以"八景"命名的文化景观有几十处之多，比如夹城夜月、半道春红等"拱墅八景"，恩波夜雨、中沙落雁等"春江八景"，城山怀古、横塘棹歌等"湘湖八景"。今天开始，杭州有了新"八景"。

▲　"浙报八景"文化地图

#潮我看#属于浙报人的"游园会"来了

2023年5月9日发布

潮友互动

@悠闲时光
漂亮的紫藤花，幸福的浙报人！

@蓝蓝123
祝浙报生日快乐！游园"打卡"很有意义！

@潮客似水年华_xz35wh
这个不错，我也开始"打卡"，关注潮新闻知天下事，"打卡签到"不错过！

潮文摘要

#潮我看#属于浙报人的"游园会"来了

5月9日，迎来了《浙江日报》创刊74周年。

2022年底，全体浙报人通过投票选出了"浙报八景"：报网辉映、紫藤花开、活字印象、报史光辉、蜡梅报春、桃映报馆、书香迎宾、松桂岚烟。

报网辉映：浙报大院内，分别于1997年和2011年落成的C座和A座大楼相映生辉，在蓝天白云下讲述着浙报人"铁肩担道义，妙手著文章"的辉煌历史和在互联网时代继续迈进、勇立潮头的新征程。

紫藤花开：紫藤花是浙报人的文化符号，她向阳生长、蔓延芬芳，她的坚韧勇敢、团结友爱，也正契合了浙报人的精神。

活字印象：以"一纸闻天下"为创意构思，A座大楼内弧形墙面上铺满了活字方块浮雕，这是对"铅与火"时代的深刻纪念，也是对未来浙报人不忘初心的时刻提醒。

报史光辉：《浙江日报》的历史是一部丰富而生动的新闻史，一部与浙江人民同甘苦、齐进取的社会史，一部与党同行、与伟大时代同步的奋斗史。

2019年，在《浙江日报》创刊70周年之际，浙江日报报业集团以"新闻推动社会进步"为主题，建成了全省首家报史馆，成为对外展示集团形象的重要窗口。

蜡梅报春：20世纪70年代末，浙江日报社建亭于西南角，由艺术底蕴颇深的记者傅通先为其取名"报春亭"，由沙孟海先生题写亭名，陆抑非先生赐墨对联。报春亭与傲寒绽放的蜡梅花交相辉映，象征着浙报人坚韧不拔、高风亮节的文化特质。

桃映报馆：这是一幢建于20世纪50年代的老建筑，称为"报馆"，老报人曾在此办公、居住。每年春季，报馆边一排碧桃争奇斗艳。在桃花掩映下，报馆历经岁月，屹立于此。

书香迎宾：这是复合式文化场所"浙报客厅"，已成为大院内的"网红打卡点"和浙报人开门迎客、展现缤纷生活的一个文化地标。

松桂岚烟：主干道两侧青翠欲滴的大草坪上，各色花木错落有致，1997年种植的大桂花树应期而开，1992年由浙江日报原总编辑江坪、日本静冈新闻社社长共同栽下的中日友好松树林昂首挺立。每年夏秋清晨，浙报大院被淡淡烟雾笼罩，让人如同置身美丽梦境。

潮新闻

编 导 彭晓斐
摄 像 王昊
主持人 方可人

2023年5月9日刊发

扫码观看

逐梦复兴之路

  天舟六号一飞冲天，开启了空间站应用与发展阶段新的逐梦之路。潮新闻客户端与西昌卫星发射中心联合出品MV《最爱发射场上那条路》。

  这是一条问天的路，这是一条追梦的路，这是一条守望的路，这是一条图强的路，这也是一条民族复兴的路。

▲ 2023年5月30日9时31分，神舟十六号载人飞船在中国酒泉卫星发射中心点火升空（倪雁强　摄）

《最爱发射场上那条路》重磅发布　西昌卫星发射中心联合潮新闻出品

2023年5月11日发布

潮友互动

@潮客_qsyqh5

心潮澎湃，每次我们征途的起点原来就是这里。很感动，航天事业飞速发展的背后是多少工程师和航天工作人员的付出。小小的一条路连接着星辰大海。

@热气球 Air

太"高大上"了！未来潮新闻的 Logo 是不是也会被火箭送上天啊？

@潮客_莫可

每次看发射，都心潮澎湃，为祖国感到骄傲。

潮文摘要

《最爱发射场上那条路》重磅发布
西昌卫星发射中心联合潮新闻出品

"世上有着千万条路，最爱发射场上那条路。"这句扣人心弦的歌词，唱出的正是海南文昌航天发射场航天人的心声——天宫逐梦、叩问苍穹，他们不懈探索，一直在路上。

5月11日，由西昌卫星发射中心与潮新闻客户端联合出品的MV《最爱发射场上那条路》重磅发布，发布后即被"我们的太空"、央视频、新华社等主流媒体纷纷转发。

5月10日，长征七号遥七运载火箭托举着天舟六号货运飞船一飞冲天，开启了空间站应用与发展阶段新的逐梦之路。在天舟六号发射前夕，潮新闻作为MV《最爱发射场上那条路》唯一合作媒体深入文昌航天发射场，协助策划并拍摄。

　　航天路、长征路、问天路、大宫路……文昌航天发射场内一个个路名呈现出文昌航天发射场从无到有的成长历程与光辉成绩，更书写了文昌航天人梦圆航天的追逐与奋斗。

　　此刻，就让我们一起来倾听他们的心声，感受他们的奋进。

潮新闻

记　者　倪雁强　王嘉楠　王　晶　金　檬

2023年5月11日刊发

扫码观看

良渚宝贝回家

观　潮

良渚博物院建成后面临的最大问题是藏品如何入场，因为良渚遗址区考古挖掘的文物都被存放在浙江省文物考古研究所里。我们以杭州良渚遗址管理区管理委员会的名义给时任浙江省委书记习近平写信，得到了他的批示支持。

▲　良渚文化玉琮（宋钰颀　绘）

2006年12月，几辆由武警押运的车辆沿着保密的线路缓缓驶入良渚博物院，我戴上洁白的手套，迎接1000多组（件）良渚玉器的归来，近距离地感受5000年前良渚文明的魅力与神奇。

快收藏！江浙沪最出片的高颜值博物馆图鉴

2023年5月18日发布

潮友互动

@深海的乌贼
宁波博物馆的外立面真的很吸引人，几次路过都没进去，一定要找时间去看看！

@雨夜小清新
好多博物馆造型都很酷炫啊，古典的古典，现代的现代，很适合去"打卡"拍照，顺便增长见识啊！

@潮客_wi2ndc
穿越时空，与文化历史来个约会。

潮 文 摘 要

快收藏！江浙沪最出片的高颜值博物馆图鉴

5月18日是国际博物馆日，小编为大家推荐江浙沪12座最出片的高颜值博物馆！收藏，走起！

▲ 江浙沪高颜值博物馆图鉴

扫码观看

潮新闻

监　　制　黄　昕　徐　洁

策划/文案　郑　琳　金　妍

设　　计　蔡和瑾　龚子皓　安　瑛　骆颖馨

实　习　生　姜懿轩

2023年5月18日刊发

"书圣"王羲之的广告词

观潮

    说起"书圣"王羲之，国人几乎无人不晓，其最著名的就是被誉为"天下第一行书"的《兰亭序》，自唐以来历代书家无不心摹手追。

    对于《上虞帖卷》，大家可能比较陌生，此帖又名《夜来腹痛帖》，说的是王羲之因肚子痛未能见朋友一面，只能写个便条，在便条中提及自己及亲戚、朋友的近况。极为难得的是，他在便条中写下了"今在上虞"，这不就是在给上虞打广告嘛。

▶ 《上虞帖卷》惊艳亮相（上虞博物馆 提供）

《上虞帖卷》亮相上虞博物馆 王羲之为上虞城市品牌口号代言

2023年5月19日发布

潮友互动

@潮客_3gchys

以谢安为代表的东山雅士胸怀天下、大观担当的品质被深化为新时代上虞精神"明德尚贤"的价值追求，我对上虞的了解更深了一些。

@潮客_qgqwky

活用历史馆藏作为自己的历史名片。

潮文摘要

《上虞帖卷》亮相上虞博物馆
王羲之为上虞城市品牌口号代言

5月18日是国际博物馆日，当天，围绕"博物馆、可持续性与美好生活"主题，绍兴市上虞区在上虞博物馆举行"今在上虞——王羲之《上虞帖卷》馆藏暨楚·越文化（荆州）青铜器展"开展仪式。上海博物馆镇馆之宝——王羲之《上虞帖卷》惊艳亮相。

《上虞帖卷》乃王羲之晚年的书法代表作，全帖共7行58字，文字多使用中锋运笔，字体连贯流畅，草法随意洒脱、轻松自然、不拘小节。

"得书知问。吾夜来腹痛，不堪见卿，甚恨！想行复来。修龄来经日，今在上虞，月末当去。重熙旦便西，与别，不可言。不知安所在。未审时意云何，甚令人耿耿。"帖中内容讲的是，有天晚上王羲之突然肚子疼，无法和朋友见面，于是给朋友书写了一个带有"上虞"二字的便条，说明请假理由，还谈到堂弟、妻弟以及太傅谢安的情况。故因"上虞"二字得名的《上虞帖卷》又称《夜来腹痛帖》，其中所出现地名"上虞"即指今绍兴市上虞区，"安"即指东晋名士谢安。

前不久，绍兴市上虞区集多方之智，塑上虞之形，凝上虞之神，铸上虞之魂，对外发布独具代表性和时代价值的新时代上虞精神"明德尚贤，创变笃行"、城市品牌"今在上虞，遇见未来"和城市IP形象"上虞吉象"。"今在上虞"寥寥四字，在东晋大书法家王羲之价值连城的《上虞帖卷》里熠熠生辉，上虞亦将其视为"书圣"替上虞形象背书、为上虞发展代言，并将其引申为"今在上虞，遇见未来"的城市品牌口号。以谢安为代表的东山雅士胸怀天下、大观担当的品质更是被深化为新时代上虞精神"明德尚贤"的价值追求。上虞的历史文化与未来愿景融为一体，共同组成了独属于上虞的城市IP。

潮新闻

记 者　　　孙　良

共享联盟·上虞　朱晓兰　李　丽　厉嘉琦

2023年5月19日刊发

扫码观看

陆羽何处著《茶经》

观 潮

径山寺，初建于唐，兴盛于南宋，鼎盛时有寺僧 1700 余众、寺殿建筑 1000 余间，有"江南五山十刹"之首的美誉。日本高僧来此参禅悟道，又把制茶的技艺传回

▲ 陆羽何处著《茶经》（宋钰颀 绘）

日本，因此径山就成了日本茶道之源。

径山脚下，有陆羽纪念馆，传为"茶圣"著《茶经》之地。近日去长兴县大唐贡茶院调研走访，有陆羽诗句佐证他由"茶仙"转而成为"茶圣"的过程，故陆羽在湖州苕溪一带著《茶经》不应有疑。回到当下，看本届茶博会上新式茶饮怎样受到追捧。

"520"遇上茶博会：亚运"三小只"亮相，新式茶饮受追捧

2023年5月21日发布

潮友互动

@华丽转身的燕尾裙

茶饮不仅是国饮，更是"年轻饮"，"90后"的我茶杯不离手，这种根深蒂固的文化基因是无法改变的。喝茶，能够解百忧。

@潮客_37jeh7

坐酌泠泠水，看煎瑟瑟尘。无由持一碗，寄与爱茶人。

@宝藏 Hunter

"一片叶子富了一方百姓"，茶是中国人的文化基因，无论是贡茶还是年轻态的茶饮都具有文化和市场吸引力。我们每一次品茶都会有新感受，更重要的是茶农在时代变迁中感受到了科技的进步和新兴产业的发展势头。

潮文摘要

"520"遇上茶博会：亚运"三小只"亮相，新式茶饮受追捧

茶和世界，共享发展。

5月20日，第五届中国国际茶叶博览会（以下简称"茶博会"）在杭州隆重开幕。

本届茶博会在杭州国际博览中心举办，来自10多个国家和地区的800余家知名茶企参展。

"我是专门从江苏赶过来的。"上午10点，茶博会现场已是人头攒动，记者遇到了带着相机、"有备而来"的何先生，他说："我主要是冲着恩施玉露茶来的。它采用的是蒸馏工艺，味道特别好。"

古筝余音缭绕，雾气蒸腾。浙江馆主造型以弧形卷轴为中心，配以高山、江河、茶树及浙江特色建筑。馆内，科技感、数字感满满。

"浙江茶产业大脑"赫然位于浙江展厅中间的位置，是集茶叶种植、加工、物流等于一体的茶产业标准化互联网集成系统。通过该系统，可以看到全省茶叶的种植情况，实现更高效率的调配。

在隔壁的工作台上，有数片带着蠕动虫子的茶叶。"拍摄照片上传至'茶园卫士'小程序，便能识别出茶虫的类型，同时获知相关防治的措施信息。"工作人员介绍。

3C馆的浙茶集团展台上，亚运吉祥物"三小只"现身。这里一款亚运茶饮成为焦点。据介绍，浙茶集团是杭州亚运会官方供应商。"这款茶采制的是明前龙井，等级为特级。"

今年，茶博会还增添了"数字新青年展区"，展区中的新式茶饮吸引了大批的青年。

"我们这款冻干玫瑰鲜花茶，单场直播破百万元。"天猫的工作人员介绍，这款"爆款"茶叶产自山东，"采用单独的果冻杯包装玫瑰花茶，更加便携"。

"公司用的云南茶叶，这几年根据市场形势开发出新茶品。比如这款滇红柠檬茶袋泡茶，没有额外的添加剂，采用冻干的技术。""茶妈妈"展位工作人员介绍。

潮新闻

记　者　汪驰超

通讯员　裘云峰

2023年5月20日刊发

扫码观看

小营巷的故事

观潮

《毛主席视察小营巷》这篇文章曾被收录于小学课本。这是《浙江日报》记者庞佑中与新华社记者通过事后采访完成的，因为毛主席视察小营巷的时候没有记者跟随。

事后采访需要下更多功夫，要通过全方位采访亲历者，多角度"还原"毛主席视察中的每一项活动、每一个细节。采访结束后就能否发稿问题，还请示了时任中宣部副部长胡乔木，最后获得同意刊发的答复，由此开创了《浙江日报》作为地方报纸刊发报道毛主席视察基

▲ 20世纪50年代，《浙江日报》记者采写的毛泽东主席视察小营巷、参观农科所的报道

层活动的先河。

20年前，时任浙江省委书记习近平在小营巷召开座谈会时，《浙江日报》清晰地记录下了他关于"没有人民的健康就没有全面的小康"的重要论断。

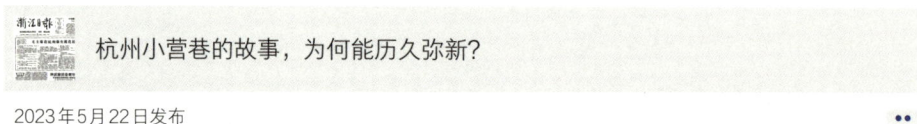

杭州小营巷的故事，为何能历久弥新？

2023年5月22日发布

潮友互动

@夏日舞步

扔垃圾这件小事，居然也可以做到这么精细化！小营巷真的是一个值得学习的典范。

@热衷吃烧烤

从小处着手，从卫生着手，把这件事做到极致，小营巷的经验值得各地学习！

潮 文 摘 要

杭州小营巷的故事，为何能历久弥新？

众人皆知，小营巷是毛主席视察过卫生工作的地方。20年前，在毛泽东同志110周年诞辰和视察杭州市小营巷卫生工作46周年纪念日前夕，时任浙江省委书记习近平在杭州小营巷召开座谈会，要求弘扬小营巷爱国卫生的光荣传统，提出"没有人民的健康就没有全面的小康"。

走过小营巷，你可以见证新中国卫生健康的发展史。经过半个多世纪的洗礼，小营巷居民对于卫生的关注，已经内化成了一种习惯。

时至今日，小营巷依然是全国爱卫工作的标杆。小巷故事为何能历久弥新？近日，本报记者与杭州市爱卫办、上城区小营街道组成主题教育联合调研组，探寻小巷故事。

当我们走进小巷，最朴素的观感就是整洁。3600多户居民，为什么要数年如一日地坚持做这件小事？

"没有人民的健康就没有全面的小康，没有卫生的现代化就没有全省的现代化。"这是深深刻在小营人心中的一句话。"20年来，我们从这句话里琢磨出来的办法有很多，但总的来说，就是一句话：把身边的小事办好，才能让爱国卫生运动真正做到迭代更新。"小营巷社区第九代卫生委员周鸿翔说。

一代风范，百年传承。在小营，一场持续了半个多世纪的卫生红旗传承接力从未停歇。新时代的社区卫生工作，早已超越了清垃圾、除"四害"的范围，从疫情防控到全民健康智治，都是社区面临的新问题。

离开小营时，我们的调研笔记上多了这样一组数据：为了给居民更多的服务空间，社区先后召开了十余场项目推进会、民情恳谈会、问题协调会，收集了4000余份调查问卷。

倾听万人言，方能赢得万人心。

潮新闻

记　者　　陈文文　张　彧　张梦月

摄　影　　孙金满

共享联盟·上城　李凌婧　洪　泳

扫码观看　　2023年5月22日刊发

大运河的起点

观潮

在我们的印象中，京杭大运河的起点应该是北京，终点在杭州，事实却正好相反。

20多年前，杭州市拱墅区与北京市通州区在杭州举办了首届运河文化研讨会，与会专家得出了一个共同结论：京杭大运河的发端是杭州。

▲ 京杭大运河的南端是杭州

扫码观看（浙江日报全媒体视频影像部出品）

理由有三：杭州开凿运河的时间更早，秦始皇统 六国修筑"陵水道"，连接中央政权所在地与江南古越之地，形成了大运河杭州段的雏形，此为其一；漕运的主要功能是将南方的粮食等物资运往京都，杭州作为起点，恰到好处，此为其二；作为活态的大运河，杭州段依然活力满满，此为其三。

今天，我们从江南水乡出发，以"走亲"的方式爱上大运河，探访运河两岸的故事。

乌镇与塘栖 一衣带水的运河人家

2023年5月24日发布

潮友互动

@fzg335819
这条跨越千年的大运河是文化瑰宝。两岸人们依河而居，以水为生，留下了大量文化印记。

@潮客_qxgvw4
运河沿线的古镇之间都有着割不断的千丝万缕的联系。

潮文摘要

乌镇与塘栖 一衣带水的运河人家

夏日的阳光格外刺眼。一条条溪流在镇中穿行而过，小镇依水而建，以河成街。

这里是"江南六大古镇"之一的乌镇，运河畔的枕水人家。

作为湖羊的重要产地，乌镇民间历来就有"一冬吃羊肉，赛过几斤参"的说法。湖羊是运河人秋冬餐桌上必不可少的一道美味。

一衣带水的临平，也有着相似的地方习俗与饮食习惯。

临平的红烧羊肉距今已有800余年历史。每年时间一到，街头巷尾的饭店、农家乐处处羊肉飘香。

除了风景，乌镇最让人流连忘返的，便是那抹不去的老底子印记。

运河畔，桐乡市级糖画"非遗"传承人姜建江用小勺舀起融化的糖汁，在石板上飞快来回浇洒。这是他首次尝试将杭州亚运会吉祥物之一的"宸宸"展现在人们面前。"'非遗'与亚运元素结合，让传统文化被更多年轻群体喜爱。"他说。

临平也在传承与保护中不断创新。在这里，可爱的吉祥物被放置在广场上。他们或手托或脚踩滚灯，摆出临平滚灯经典的招式动作，将老底子玩出了新样式。

由于"家家尽枕河"的格局和"小桥流水人家"的风貌，乌镇被誉为"中国最后的枕水人家"。

曾在乌镇文体站担任站长的章建明，见证了乌镇文化从衰到兴的过程。他说，蓬勃兴起的互联网，让乌镇魅力四射；从2013年开始举办的乌镇戏剧节，到2015年建成的木心美术馆，再到2016年乌镇国际当代艺术邀请展等，共同打造了文化乌镇的"金字招牌"。

回望临平发展，一条奔腾不息的大运河，也勾勒出了这座城市独特的脉络。如今，沿线密布的老厂房、旧仓储空间等工业遗存，慢慢蜕变为创意城市的崭新地标。

曾经的"非遗"，与市井烟火相融。这些文化果实，在一个个全新的载体中发光。一件件群众喜闻乐见的作品，让运河文化随着时间的流淌，进一步得到传承、弘扬。

潮新闻

记 者 王逸群 张 建 高宇轩 李根旺 聂李黛芳
2023年5月22日刊发

扫码观看

百日之约

 观潮

潮新闻100天了。

记得2月18日潮新闻刚刚上线的时候，它是那样的青涩、稚嫩，让人不禁发问：用户在哪里？流量在哪里？爆款又在哪里？担忧与奋斗共同伴随其成长，探索与磨合更坚定了发展方向，勉励与包容凝聚起向上力量。

客户端内的"10万＋"多起来了，用户的黏性强起来了，同行的评价好起来了，潮新闻渐渐地"潮"起来了。

百日寓意圆满、长久。在江南，百日也有"百露"之意，潮新闻也该"露"头接受更多检视与批评了，但百日只是潮新

▶ 2023 年 5 月 28 日，"共潮赢未来"——潮新闻百日升级发布会在杭州举行

闻的一个新的起点。

3月中旬起，我开始在朋友圈为潮新闻写推文，截至昨天（2023年5月27日）共完成了108篇，这算是我送给潮新闻的礼物吧。本想借着今天（2023年5月28日）这个日子，给推文画个句号，谁知朋友圈的不少小伙伴对我说，推文需要继续。好吧，那就让我们约定下一个百日吧。

在此，感谢所有关心潮新闻的朋友们！

"共潮赢未来" 潮新闻迎百日升级

2023年5月28日发布　　　　　　　　　　　　　　　　·· ··

潮友互动

@潮客_3gu2h3
潮新闻从单纯的信息传递转变为更加综合、服务型的媒体客户端，是媒体客户端2.0时代的典型代表呀！

@潮客_38fchg
我喜欢潮新闻，很接地气，有深度、有广度。

潮文摘要

"共潮赢未来" 潮新闻迎百日升级

5月28日，"共潮赢未来"——潮新闻百日升级发布会在杭州举行。

百日前，潮新闻客户端上线，走上了中国媒体融合改革的舞台。逐浪百日，在打造全国一流省级重大新闻传播平台的目标下，潮新闻已迈出坚实一步：截至目前，潮新闻全网用户破1亿，微信矩阵总"粉丝"破千万，官方抖音号"粉丝"破2000万，总点赞数15亿次。

　　回首百日，潮新闻坚持"深耕浙江、解读中国、影响世界"，优质内容如潮涌：探究"四千"精神、回眸"八八战略"；追踪马英九大陆行、关注丫丫回国路；循迹"地瓜经济"、聚焦政要访华。

　　回首百日，潮新闻重构技术底座，搭建互动生态，品牌传播更新潮：与传播大脑形成常态化保障机制，以新技术驱动新传播；建设省、市、县一体化传播体系，七成市、县媒体与潮数据共联；打造"潮鸣计划"，吸引近1500名高质量创作者入驻；推出八大IP，与用户更紧密互动。

　　百日之际，潮新闻迎来重磅升级：潮新闻品牌Logo重新设计，融入了之江潮水的形象意境；建立潮新闻社区，主打真实、便民和互动化；新上线"潮鸣号"创作者平台，向专业内容创作者提供智能创作工具和运营分析服务；升级推荐算法，探索大模型技术的媒体应用场景，打造服务专业采编的智能助手；加速融合"全省一张网"，让潮新闻与全省内容、运营资源全面协同贯通。

　　复旦大学新闻学院教授、中国新闻史学会应用新闻传播学专委会理事长张志安认为，潮新闻是媒体客户端2.0时代的样本，呈现了媒体深融的"浙江现象"。

潮新闻

记　者　黄云灵

2023年5月28日刊发

扫码观看

"读端"新鲜事

 观 潮

　　邀请县委书记"读端"，就潮新闻报道的热点事件发表观点、畅谈想法，这确实是一件新鲜事。

　　在《浙江日报》的历史上，曾有过聘请政府官员撰写评论文章的先例。《浙江日报》创办初期，出于多种原因，省委同意报社将省级机关单位的负责人聘为评论员，这对提高早期《浙江日报》的评论文章质量起到了重要作用。

　　"郡县治，天下安"，县委书记承担着重要责任。他们要有"窥一斑而知全豹"的全局观，要有"一枝一叶总关情"的敏感度，要有"为官一任，造福一方"的使命感。

　　因此，他们"读端"，读的不仅是新闻事件，他们读的是胸襟，读的是眼界，读的是民心，读的是上下同欲的未来图景。

　　读端｜老白墙秒变"网红泳池"　章燕：城市侧改造，需要"分母效应"

2023年7月7日发布

@不潮客谢

　　杭州"城市客厅"的内当家不容易，窗明几净是基本分，端茶上座也要到位，软件更难，更无止境。

@風亓

　　从每一个小细节透露出浙江文化、杭州文化、上城文化的独特魅力，真的是城市最亮丽的风景线呢！

@芋艿

　　烛火虽微，却生生不息。通过这个小小的窗口与所有人对话，我们的浙江文化、中国智慧，才能有机会向更大的场域做更深刻的展示与传播。

潮文摘要

读端丨老白墙秒变"网红泳池"
章燕：城市侧改造，需要"分母效应"

　　杭州湖滨的新"打卡地"，是一幅高约6米、宽约20米的巨型墙绘——碧蓝色的水中，一位运动员以自由泳的姿态劈波前行，身姿矫健，仿佛一个摆臂就会"冲"出墙壁。

　　就在一个月前，这里还是当地老百姓家门口的一面再普通不过的灰白墙壁，如今这幅名为《泳动·世界》的墙绘作品，让这里蝶变为西湖边的"打卡"地标"城市客厅"中的新风景。浙江省杭州市上城区委书记章燕在潮新闻"读端"栏目中点评道："在新闻中我们看到的是西湖边一面白墙的脱胎换骨，实质上这是我们城市侧改造的有机更新。"

　　湖滨"白墙变泳池"的"走红"，正说明仅仅"我们觉得好"的城市侧改造是不够的，梳理一座城市的文明肌理需要向心力、需要"分母效应"，只有"大家觉得好"，才是切实有效的。

上城的确是杭州的窗口，也是杭州的"城市客厅"，所以必须长期以高水平的绣花功夫来提升城市品质和文明程度。城市让生活更美好，首先要对人友好。文明程度高一定是党政不缺位，加上市民的自觉参与，这样才能形成叠加效应。

我们的城市侧改造从来不是空洞的道理，也不是浮泛的口号，而是转角的惊喜、持续的改进及内心秩序的激活。比如，我们以10万个阳台来诠释杭州的满城花香、10万张笑脸来诠释杭州的城市温度、100条韵味小巷来诠释杭州的文化底蕴，强调的都是参与感与互动感。

真正的城市书写，不是历史，不是理论，不是规划，而是每个人真实的经历与感受。我们需要更多类似于白墙这样的载体，让每个人都能参与到迎接亚运这件大事和盛事中来。

烛火虽微，却生生不息。通过这个小小的窗口与所有人对话，我们的浙江文化、中国智慧，才能有机会向更大的场域做更深刻的展示与传播。

潮新闻

编　辑　张　彧　张梦月
设　计　张恬怡
2023年7月7日刊发

扫码观看

法治频道上线

7月18日，恰逢潮新闻客户端上线满五个月。浙江日报报业集团与省委政法委等合作，开通了首个专业频道——法治频道，这是省级主流媒体与浙江政法系统的相互赋能与双向奔赴。

潮新闻上线五个月来，积极回应媒体格局之变、话语之变、攻守之变，以"潮"为旗帜，打造省级重大新闻传播平台，推动主力军全面挺进主战场，用户数、日活数大幅攀升，一大批有深度的文章、有流量的新闻、有特色的产品，第一时间在潮新闻上呈现，奏响了移动互联网舆论场上的浙江声音。

法治频道上线后，依托传播大脑的技术支撑、潮新闻的传播优势、政法战线的坚强后盾，我们可以倾听到更多独家、原创、独到的法治故事，记录更多根植浙

▲ "潮新闻·法治频道"上线现场
（王志浩　摄）

江、基层首创、映照全国的法治精神，传递更多有思想、有温度、有品质的法治声音。

今日，"潮新闻·法治频道"上线！

2023年7月19日发布

潮友互动

@潮客_q7sh54

"潮新闻·法治频道"上线，相当于给老百姓和法律之间搭建了一座有效、有用、有温度的桥梁，为百姓普法，让百姓懂法，促百姓守法，护百姓以法，让法律保护人民，让有法可依深入群众。

@汽水Soda

法治频道太重要了，和民生息息相关：房产如何继承，要讲继承法；电梯如何加装，要讲民法；车辆事故如何界定，要讲交通法；理财遇到困难，要讲金融安全法……有点法律常识在身上很有必要！

潮文摘要

今日，"潮新闻·法治频道"上线！

在潮新闻上线五个月之际，7月18日，由省委政法委、浙江日报报业集团共同主办的"潮新闻·法治频道"正式上线。这是浙江日报报业集团与省级单位合作开通的首个专业频道，也是潮新闻客户端的重要战略单元。

五个月前，浙江日报报业集团以"潮"为旗帜打造省级重大新闻传播平台，推动主力军全面挺进主战场。五个月来，潮新闻如一艘风正帆满的战舰，一路劈波斩浪，驶向媒体深度融合的蔚蓝深海。如今，客户端用户数超4000万，不仅集聚起了一大批忠实用户，更创造出了大量有深度、有流量、有浙江味的新闻产品，奏响了移动互联网舆论场上的浙江声音。

新上线的法治频道由《浙江法治报》运营，关注全国、聚焦浙江，实时呈现全国、全省有温度的政法故事、有深度的法治新闻、有态度的法治评论，推动政法舆论宣传"正能量"产生"大流量"。同时，该频道也是一个全新的普法平台。频道上线后，将邀请法官、检察官、律师等以案说法、以新闻说法，用老百姓身边的真实案例、更接地气的语言、更生动的新闻讲述方式，向广大公众传播法治思想、普及法律知识。

随着"潮新闻·法治频道"的上线，来自浙江政法系统的250多个优质政法新媒体账号也整体入驻潮新闻"潮鸣号"。集聚了政法特质和"人气"的政法新媒体，与开放互动、共潮共鸣的"潮鸣号"，将在新一轮的互融共享中，激发新潜能、掀起新浪潮。

"潮新闻·法治频道"上线后，相关记者将深入基层、深入一线，带领大家共同感受最真实、最生动的平安浙江、法治浙江。同时，"习近平法治思想"答题、"迎亚运　学通识"——全省公民法治素养基准通识学考等系列普法活动，也将陆续开展。

潮新闻

记　者　许　梅　王志浩

2023年7月18日刊发

扫码观看

亚运歌曲的"味道"

观 潮

　　创作杭州亚运会的主题曲太难了，"拦路虎"就是1990年红遍大江南北的《亚洲雄风》。因为歌词的朗朗上口，因为韦唯、刘欢的精彩演唱，因为那个年代国人需要一首激荡人心的歌曲，以至于几乎很少有人记得北京亚运会的主题曲《燃烧吧，火炬》，而把宣传曲《亚洲雄风》当成了主题曲。

　　一个时代有一个时代的表达，让我们把目光拉回杭州。行云流水、铿锵有力的旋律在良渚古城、在大运河、在钱塘江畔激情回响："千年岁月的声响……在亚洲美丽家乡，我和你

▲ 亚运场馆手绘图（张恬怡　宋钰顼　绘）

一样，自由歌唱！"听一听由郎朗领衔的杭州亚运会歌曲《一脉生长》，有那个味儿吗？

郎朗领衔，杭州亚运会歌曲《一脉生长》MV发布

2023年5月27日发布

潮友互动

@小柒

这首歌的歌词真的很有意义，让人感受到"人类命运共同体"这个伟大概念。

@心向光

希望运动健儿在竞赛之余在杭州吃好、喝好、玩好，感受我们浙江民众的热情。

@芒果汁

杭州亚运会越来越近了，亚运氛围也越来越浓了。欢迎八方来宾。

潮文摘要

郎朗领衔，杭州亚运会歌曲《一脉生长》MV发布

2023年5月27日上午，杭州亚组委正式对外发布了杭州亚运会歌曲《一脉生长》MV。

《一脉生长》MV由杭州亚运会宣传形象大使郎朗领衔创作，指挥家余隆率杭州爱乐乐团倾情参与，著名歌唱家廖昌永、谭维维、阿云嘎、曹芙嘉分别于良渚遗址、京杭大运河畔、杭州奥体中心体育场和杭州奥体中心游泳馆取景，唱出温润万方、一脉生长的亚洲气象。

钱塘潮涌贯穿古今，音乐连接体育与文明，我们在亚洲这片土地上发出人类命运与共的呼唤："我们都一脉生长，手捧星辰太阳，在亚洲美丽家乡，我和你一样，自由歌唱。"在杭州亚运会宣传形象大使郎朗看来，《一脉生长》饱含情感和凝聚力，他在弹奏这首曲子的时候，感受到曲调由内而外发出力量。犹如亚运盛会将全亚洲的运动健儿凝聚在一起，这首歌同样给人以凝聚力之感。郎朗说，在美丽的杭州钱塘江畔，伴着雨滴弹奏着亚运的旋律，会是他永生难忘的一段经历。

"《一脉生长》体现了人类命运相互依存，共同建设我们美好家园的愿景。"谈及这首亚运歌曲，演唱者阿云嘎如是说。曹芙嘉认为，这首歌的每一句歌词都很经典，而她最喜欢的一句就是自己唱的"伸出手我的朋友，迎着梦想击掌"。在她看来，这句歌词十分具有画面感，让人们感受到自己与梦想的近距离接触，"每个人的梦想都可以实现，只要相信，就会实现"。"能演唱这首歌，同时在杭州良渚遗址拍MV，我感到很开心。祝愿杭州亚运会圆满成功，也祝愿我们的亚运健儿能取得好成绩！"廖昌永说。在拱宸桥取景拍摄MV的谭维维表示，她跟拱宸桥特别有缘，这已经不是她第一次来拱宸桥了，每次站在桥面上，她都内心澎湃。

潮新闻

记 者 赵 磊

2023 年 5 月 27 日刊发

扫码观看

桂子飘香入奖牌

观 潮

桂子，释义桂花，杭州市花。她有"人闲桂花落"的无意，有"山寺月中寻桂子"的浪漫，也有"不是人间种，移从月中来"的传奇。

大约桂子是仙子的意象，写实的桂花是很难表现她的飘逸的，更难描绘她的馥郁馨香。

我曾是名摄影"发烧友"。桂花被确定为杭州市花后，我欲拍一组桂花的照片。但拍特写吧，桂花小而密，在"叶密千层绿"的桂树前主题不突出；拍中景吧，"绿玉枝头一粟黄"，缺乏层次感；倒是洒落在地上的桂花，星星点点，疏密有致，尚可成片，但以杂乱的土地为背景，似乎又不能突出桂花的高雅。如此反反复复拍了不少照片，始终没有满意的作品。

杭州亚残运会奖牌关于桂子的表达，很是灵动，以良渚玉璧为底，桂子以"大珠小珠落玉盘"的姿态点缀其间，既暗合了亚残运会举办之时杭州正值丹桂飘香的时节，又契合了亚残运会"心相约，梦闪耀"的口号。

▲ 杭州亚残运会奖牌（林云龙 摄）

杭州亚残运会奖牌诞生记：枝头摘"桂子"，市花与玉璧如何"珠联璧合"

2023年7月15日发布

💬 **潮友互动**

@史努比dog
奖牌将良渚玉璧和杭州市花——桂花融为一体，以苍璧礼天，以黄琮礼地，心意满满，寓意深远啊！

@潮客_w5u3hc
最终倾向于简洁明快的叙事元素，大道至简，可见一斑。

@甜中书
每一朵桂花光芒闪耀，蕴含着自强不息、顽强拼搏的体育精神，可以说是非常贴切了。

杭州亚残运会奖牌诞生记：
枝头摘"桂子"，市花与玉璧如何"珠联璧合"

对于参加杭州第4届亚残运会的运动员来说，有一缕桂香，不仅沁润鼻尖、留香心间，还将以独特方式，镌刻于亚残运会的历史中。

7月14日，在富阳水上运动中心举行的杭州第4届亚残运会倒计时100天主题活动上，杭州亚残运会奖牌正式发布。奖牌取名为"桂子"，源自描写杭州的名句"山寺月中寻桂子"，寓含江南意境和浪漫色彩。

"桂子"由中国美术学院工业设计学院副教授周波博士带领设计团队，在和杭州亚残组委充分沟通的基础上，历时两年反复修改、论证后创作完成。

见到"桂子"的第一眼，便会被它漫天飘洒的桂花图形所吸引。

奖牌将良渚玉璧和杭州市花——桂花融为一体，以苍璧礼天，以黄琮礼地，传递亚洲价值文化的多元和融合，以桂花的浓郁气质，表达办赛城市的热烈期盼，以"桂子"寓意运动员向往美好、积极进取的精神追求。

周波介绍，良渚文化距今有5000多年历史，是杭州极具代表性的世界文化遗产。玉璧是我国古代最隆重的礼器，象征着美好意愿和高贵品质，有"珠联璧合"之意，代表了中华文明和合与共、和谐共生、团结合作的人文精神，也寓意着团圆美好，象征着亚洲命运共同体、亚洲多元文化的融汇交流。

"桂子即桂花，素有金桂、银桂之分，暗合金牌、银牌。"周波说，桂花是杭州老百姓喜闻乐见的市花，契合了亚残运会举办时杭州正值丹桂飘香的时节；与此同时，杭州亚残运会火炬"桂冠"上，也采用了桂花元素，这是对亚运美学的延续。

扫码观看

潮新闻

监　　制　谢　晔
策　　划　张　彧
记　　者　张梦月　沈听雨　张　峰
视频/摄影　周　逸

2023年7月14日刊发

篇章二

城乡
趣谈

新一线城市

　　米其林榜单的热闹刚刚平静下来，又一张榜单新鲜出炉了：新一线城市榜单。

　　这个榜单准确地说是"城市商业魅力排行榜"。在我们常人看来，所谓的新一线城市，其实就是二线城市里那些紧跟一线又够不上一线的城市。一线城市不是评出来的，而是约定俗成、自然形成的，核心就是综合实力、城市规模、人口活力、治理能力及国际化程度。目前，够得上一线城市名号的只有北、上、广、深。

　　二线城市与一线城市的距离有多大呢？有时候就是一块电熨板的距离，一线城市酒店的每个房间都有电熨斗与电熨板，方便住店客人随时熨烫衣服，体面地出席各种会议与活动。酒店及公共场合的温度恰好也是让人穿着西服感到比较舒适的。那次去上海会展中心考察学习，一位工作人员谦逊而又底气十足地给我们介绍：着眼全球的会展定位、会展门类的设置、国际客商的招引、会展活动的策划，乃至重要嘉宾的接待、会展之后的跟踪、会展项目的运营……我们听得一愣一愣的。

　　看来我们与一线城市的差距不是一点点。新一线城市的榜单据说不是"以GDP论英雄"的，但是如果我们离开了综合经济实力这一评定指标，那么商业资源集聚度是从哪里来的呢？城市人活跃度又是怎么产生的呢？对于生活方式多样性与未来可塑性的评价又怎么做到客观呢？其实进入一线城市行列最大的利好是房地产，但是"房子是用来住的，不是用来炒的"，对于居住在城市里的大多数人来说，或许不会太在意自己所在的城市是几线城市，他们在乎的是城市教育、就业的机会，是生活成本与舒适度，是出行的便捷与发展的空间。

古希腊哲人亚里士多德说过："人们为了生活而聚集到城市，为了生活得更美好而居留于城市。"上海世博会的Slogan挺好：城市，让生活更美好。

涌金楼丨新一线城市，来了

2023年6月4日发布

潮友互动

@潮客_3gchys

15个新一线城市中，长三角地区城市占了5席，长三角地区发展势头很强劲。

@潮客 jnwybcm456

一线不一线重要吗？只要城市发展得更好，大家的生活品质越来越高就可以了。

涌金楼丨新一线城市，来了

2023年新一线城市名单近期正式宣布，15个新一线城市，依次是成都、重庆、杭州、武汉、苏州、西安、南京、长沙、天津、郑州、东莞、青岛、昆明、宁波、合肥。

毫不意外，这些城市及排名再次挑动了人们的神经，就像每次年终考试后的座次排名。尽管不少人对新一线城市这个概念存疑，但这并不妨碍我们将此作为探察城市成长的窗口。

从这些一线城市"后备军"里，我们也得以观察城市与区域发展的浮沉。

先横向来看——今年的排名显示，大家的经济体量都有所增长——除了昆明，均进入万亿、两万亿之城行列。不过和北京（4.16万亿元）、上海（4.47万亿元）、广州（2.88万亿元）和深圳（3.24万亿元）比，硬实力上仍有差距。

再纵向比较——2013年的15个新一线城市，分别是成都、杭州、南京、武汉、天津、西安、重庆、青岛、沈阳、长沙、大连、厦门、无锡、福州、济南。对照今年来看，苏州、郑州、东莞、昆明、宁波与合肥成为榜单"常客"，沈阳、大连、厦门、无锡、福州和济南等城市均已"离场"。

进退之间，是中国城市不断向前的惊人活力，但与一线城市之间的差距，还很明显。

10年时间，我们见证了成渝"第四极"的崛起，中部地区出现多座超过预期的新兴城市，同时我们也看到了一批北方城市的失速与没落。

今年第一季度的GDP前20强中，北方城市仅占6席，而在改革开放初期，这一数字还是"11"，其中东北6个。随着改革开放以及沿海地区逐步融入全球经济体系，无锡、宁波、佛山等城市逐步崛起。种种迹象，不免让人感慨，北方城市失速了？

下一个10年，谁会继续"霸榜"？谁又会冲入一线？时间会给出答案。

潮新闻

记 者 郑亚丽

2023年6月2日刊发

扫码观看

那山那水那城

钱钟书先生所著《围城》里有一句经典的话："围在城里的人想逃出来，城外的人想冲进去。对婚姻也罢，职业也罢，人生的愿望大都如此。"

关于城与乡的关系，大约也有类似的感受。在城市里生活久了，于是开始怀念起农村的那山、那水、那抹乡愁，这时的农村就是城里人的"诗与远方"。

虽然我们时常听到诸多抱怨，诉说城市交通拥堵、房价高

▲ 城乡融合发展之路（翁嘉怡 绘）

企、压力巨大等种种弊端，但每年优秀人才还是选择留在城市。这是因为城市集聚了主要的资源、资金、配套设施、企业等，城市虽有种种的缺陷，但机会多多。由于城乡二元结构长期存在，乡村处于相对弱势的地位。由于经济活力不足，增收渠道不多，配套设施不全等，村里的年轻人大多选择"冲"进城市。

统筹城乡发展是浙江"千万工程"的一大特点，使城与乡得以在规划、制度层面一体设计，城乡关系得到重塑，城与乡开始双向奔赴，城乡融合似乎打破了《围城》中的一些定律，城市不再是唯一选择，乡村则更加令人神往。比如，在距嘉兴市区15公里的秀洲区新塍镇火炬村，以前村民们做梦都想着住进城里，如今他们却说"给钱都不去呢"。

"千万工程"启示录之二：融合之路，城与乡双向奔赴

2023年6月20日发布

潮友互动

@懂得知足学会珍惜

作为浙江人，我深切感受到生活在农村的幸福感。产业提升带来了更多创收途径，户籍制度改革等也让更多乡村资源得到了盘活。整体来说，城市乡村特色明显、资源互通。

@橙汁不加糖

现在村里啥都有，有咖啡店、图书馆、艺术展，便捷度跟在城市生活一样，环境还好，真的是让人住着舒服。

@潮客_2j2zhd

政策引领的优势让浙江乡村发展优势尽显，大到整体布局，小到智能分类垃圾桶，从产业到生活方式的全方位提升，让浙江乡村这张"金名片"越擦越亮。

潮文摘要

"千万工程"启示录之二：融合之路，城与乡双向奔赴

以统筹城乡兴"三农"为导向，20年来，浙江深入推进"千万工程"，不断缩小城乡差距。

全省城乡居民收入比最小的设区市嘉兴，2004年开始就从规划上、制度上拉平城乡差距，推动交通、供水等基础设施同规同网，统筹养老、医疗等公共资源均衡配置。更难得的是，在基础设施和公共服务城乡并轨之时，当地没有把农村变城市，而是在体现乡村风貌、保留乡土味道的前提下，统筹城乡发展。

伴随人民美好生活需求日益提升，浙江各地还着重盘活农村的"有"，让每寸土地、每处山水充满魅力，打开城乡要素平等交换、自由流动的通道。得益于乡村旅游、文化创意等新业态蓬勃发展，"城市有乡村更美好，乡村让城市更向往"在浙江变为现实。

今年初，浙江部署实施县城承载能力提升和深化"千村示范、万村整治"工程，进一步将城与乡放到一起谋划、一体推进。眼下各地正对县镇村关系进行系统梳理，进一步做强县城，发挥其聚集、辐射、带动作用。

截至目前，全省农村"20分钟医疗卫生服务圈""30分钟公共服务圈"等基本形成，城乡居民收入比从2003年的2.43缩小到2022年的1.90，均衡水平领跑全国。

城与乡，是人类生产生活的两大空间形态。"融合"二字，是缩小差距的过程，是城乡互动的过程，也是身处其中的每个个体不断推进现代化的过程。重塑城乡关系，畅通城乡循环，构建城乡命运共同体，浙江正翻开城乡融合发展新的篇章。

潮新闻

记者 沈晶晶 谢丹颖 王雨红

2023年6月20日刊发

扫码观看

杭州之"夜"

 观 潮

"夜的生活"总是让人憧憬、让人期待的，若换成了"夜经济"，似乎就有点"被算计"的味道。

过去没啥"夜经济"的概念，知道杭州龙翔桥晚上大排档热闹，就约三五小友一起撸个串，吹个小啤酒，乐呵呵地天南地北地神侃到半夜，再骑着自行车晃晃悠悠地回家，觉得挺乐

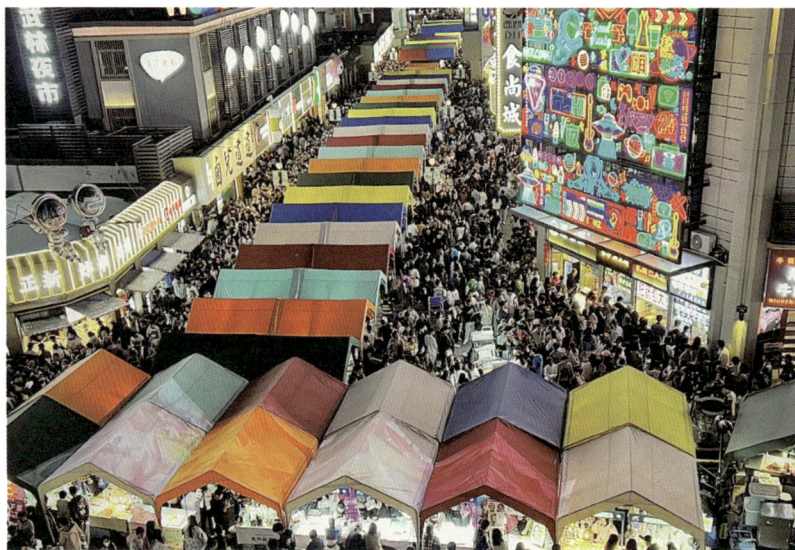

▲ 2023年"五一"期间，杭州武林路的"夜"热闹非凡（陈水华 摄）

呵，不知道这算不算"夜经济"。后来流行"卡拉OK"，晚上八九点钟开始在西湖边排队，老半天方拿到一个号子，傻傻地等就是为了喊一嗓子"大约在冬季"。

杭州从"西湖时代"奔向"钱塘江时代"，城市面貌发生了天翻地覆的变化，"夜"的这一面却总是没有可以圈点的地方，除了西湖边吹过的风与你相逢。

"夜经济"与一个地方的经济发展水平、居民消费能力并不呈正相关。因为那篇《桨声灯影里的秦淮河》，到南京，是非去夜泊秦淮不可的；漂泊北京，三里屯定是个不错的去处；而到了成都，听着那首带着淡淡哀愁的《成都》，你会情不自禁地走入宽窄巷子；哪怕到了比较偏远的阳朔，走进那个洋人众多的小店，你也会用并不熟练的英语与店员说："Beer, please"……

杭州的夜怎样才能有活力起来呢？你不妨来说说看。

潮声｜新一线城市"夜经济"谁最"夜"？最会"剁手"的它出手了

2023年6月21日发布

💬 潮友互动

@一生暖阳
夜晚是年轻人的天堂，工作了一天，要把快乐的时间，在夜里补回来。

@潮客_q7sh54
关键要有氛围感，人多起来，加上音乐和美食，才能更吸引人。

潮声丨新一线城市"夜经济"
谁最"夜"？最会"剁手"的它出手了

6月中旬，网上有份关于杭州的征求意见很火热，主题是杭州要做热"子夜经济"，鼓励餐饮、零售、娱乐、文化、书店等实体店铺在夜间22：00至次日凌晨6：00提供服务，打造一个"不夜天堂"。

翻看一系列"夜经济"榜单，新一线城市都占据主导位置。比如，新华社瞭望智库牵头编写的《中国城市夜经济影响力报告（2021—2022）》，和第一财经联合新一线城市研究所发布的"中国城市夜经济指数"，两张榜单里，重庆、成都和武汉名列前茅。

它们"夜经济"持续"出圈"的背后，是自身具有独特辨识度的"夜"态。反观杭州，已从曾经以大排档、烧烤为中心的单一业态，朝着"食、游、购、娱、体、展、演"等多元业态发展演变，但和以上"C位"城市相比，并无优势。比如，"夜"态呈同质化，传统的旅游优势项目以游钱塘江、游西湖等为主，缺乏爆款产品。

杭州发力"子夜经济"，考验的是商家、消费者和城市的合力。于一座城市而言，很多看似不起眼的"软服务"，却能让"夜经济"散发更浓的人间"烟火气"。

在征求意见期间，就有网友建议设定夜间商场交通专线，比如在某些有名的购物街之间建立购物商城专线。最终，这条建议被杭州市商务局采用了。

"今年初的外摆新政，杭州把最大限度避免扰民考虑进去，并没有对商业外摆一放了之，而是有'规定时间、规定区域、限定业态'。"杭州市商务局相关负责人说。

采访中，也有一些打工人认为，一座城市的夜生活，是需要氛围的，而影响这种氛围的因素是多种的。

不可否认的是，杭州提出大力发展"子夜经济"，折射出城市"夜经济"正走向专业化、品质化和产业化，也正在满足更多百姓对美好生活的新期待。

潮新闻

记者 刘 健

2023年6月21日刊发

扫码观看

萧山"老大哥"的雄心壮志

观潮

萧山区"老大哥"的称谓并不是"浪得虚名"。早在20年前，萧山区就是浙江第一个进入"全国百强县"行列的县（市、区）。

与杭州市主城区仅一江之隔的萧山区，人文性格有着很大的差异。杭州市主城区具"吴文化"之温婉谦逊、沉稳包容，萧山区则有"越文化"之直率刚烈、孤傲自信。萧山区以"奔竞不息、勇立潮头"来定义区域精神，有着当好杭州"领头雁"、浙江"排头兵"、全国"先行者"的豪情与底气。

萧山区于21世纪初崛起，得益于萧然大地生机勃勃的创新活力、敢为人先的创造精神。

但一区再大也受区域之限，都市虽小也有聚合

▲ 湘湖龙舟赛。8000年跨湖桥文化、2500年古越文化在这里散发着悠久的历史气息（周祖友 摄）

之利。人才集聚、资源集聚、资本集聚等放大了区域的格局与空间，说都市是经济社会发展的放大器并不为过。

失去"老大"地位的萧山区也逐渐领略到都市经济的广阔前景、无穷魅力。从"摊大饼"式的县域发展模式向融杭协同发展方向布局，萧山区谋划了高质量发展的新愿景，这也是她重回"浙江第一区"的雄心勃勃之举。

从这个意义上说，湘湖与西湖携手唱好"西湘记"就不只有一种象征意义。

萧山"老乡"贺知章有诗云："儿童相见不相识，笑问客从何处来。"宾朋不必相识，英雄不问出处，一个更加开放、美丽、有活力的萧山是那样值得期待！

读端｜西湖湘湖缔结"姊妹湖" 王敏：唱好"西湘记"，为杭州再造一张世界级"金名片"

2023年7月13日发布

💬 **潮友互动**

@木瓜 Papaya
在"西湘记"中，湘湖得突出个性化、形成差异化，借力西湖的流量。

@潮客_w7kyhy
虽然湘湖的名气没有西湖大，但是我们本地人很喜欢去湘湖。那边可以野餐、放风筝、划船，还有农家乐，很快一天就晃过去了，很惬意。

@疏影无尘
湘湖潜力大、后劲足，做好细节、等待时机，也能一鸣惊人。

读端｜西湖湘湖缔结"姊妹湖"
王敏：唱好"西湘记"，为杭州再造一张世界级"金名片"

"历史文化名城是杭州的'灵魂'。"2023年6月，一场以唱好"西湘记"、缔结"姊妹湖"为主题的战略合作仪式在杭州举行。隔钱塘江相望的西湖与湘湖跨江认亲、两湖合流，绝不是简单合并同类项，对于杭州打造世界一流的社会主义现代化国际大都市意义非同小可，或将在文化复兴和创新涌动中寻找新的杭州坐标、浙江坐标。

杭州市委常委、萧山区委书记王敏在潮新闻"读端"栏目中这样写道：

关于系统提升湘湖这件事，我们一任接着一任干、一张蓝图绘到底，这是深刻践行习近平总书记殷殷嘱托的使命所在，也是"钱塘江时代"杭州发展的必然趋势、全面推动湘湖高质量发展的内在要求。

湘湖就如同西湖之于杭州，既是一张"金名片"，也是宝贵的资源。唱好"西湘记"，我们既要学西湖，也要保持特色、错位发展，全力建设一个"新"湘湖。

这个"新"湘湖，"新"在要超越传统意义上景区、度假区以自然风貌、休闲旅游为主体的概念，借助世界旅游联盟、中国美院湘湖校区、院士岛等"顶流"的支撑，建设集生态风貌、历史文化、休闲旅游、科技创新于一体的"产城人文湖"深度融合的样板区，成为媲美西湖、代表杭州的又一张世界级"金名片"，成为推动萧山从县域向都市全面转型提升的强大引擎。

我们要看到湘湖与西湖在人文历史知名度、景区建设与管理等方面的差距。未来，萧山要聚焦"美而优"的湖景环境、"特而活"的文化底蕴、"精而细"的服务管理、"新而全"的创新生态，实现自然风貌、人文形象、景区品质、湖产城深度融合的全面跃升。

把湘湖保护好、开发好，我们一定会在"山水共长天一色"中构建具有持续竞争力的发展模式，向世人呈现一个尽显生态美、诠释江南韵、独具国际范、实现百姓富的"新"湘湖。

潮新闻

编　辑	张　留
设　计	张恬怡
共享联盟·萧山	蔡卡特

2023年7月13日刊发

扫码观看

西湖免票的大逻辑

观潮

杭州西湖免收门票后获得一片异口同声的赞扬声，免门票后收益不降反升也成为旅游行业津津乐道的话题。

每每旅游景区门票有涨价之动议，大家就以杭州西湖免票为参照，希望这些旅游景区好好学学杭州算大账、算综合效益账、算长远账的高明做法，但是讨论归讨论，想涨价的依然还是涨价了。

门票收入是旅游收入的来源之一，免收门票无疑是自断手脚，要痛下决心并非易事。然而，对当时的杭州来说，还有比西湖免门票更难的事。

▲ 2023年4月30日，杭州西湖景区人气爆棚，接待客流量69.72万人次（董旭明 摄）

其一，西湖的湖岸线被多家单位部门占据，要他们把独享的湖景资源腾退出来"还湖于民"谈何容易。

其二，且不说6平方公里的西湖格局尚小，仅文化挖掘、景观修复就需花费大量的人力、物力、财力。所以，杭州就有了连续多年国庆节前西湖景区精彩亮相、国庆长假后部署下一年任务的西湖综合保护工程，又有西溪综保工程的逐年推进，西湖、西泠、西溪"三西"串珠成链，还有萧山区抽调百余位骨干，号称"108将"，重点整治湘湖，唱起了西湖与湘湖的"西湘记"。

其三，就是狠刹西湖边的会所之风，让普通游客也能随性出入西湖边的茶楼、饭店，这才有了真正意义上的"还湖于民"。旅游是个系统工程，只靠砌个墙、关个门、涨个价，恐怕走不远。

西湖"还湖于民"后的"三笔账"，能被效仿吗？

2023年6月25日发布

潮友互动

@山水画卷

　　"还湖于民"的西湖不仅提升了城市品位，也强有力地吸引了各地人才来杭，算算"人才账"，杭州赚大了。

@潮客_zakqhc

　　杭州免费开放西湖这一点，还是很值得学习的，看得远、气魄大！只有尊重游客，才能赢得游客的心，才能实现经济和民心的"双丰收"。

@潮客_w7mbh4

　　感觉西湖的美是与时俱进的，先人一步消除了和游客之间的隔阂，再进一步创造更多值得一看的"二次消费"机会，谋篇布局值得学习。

西湖"还湖于民"后的"三笔账"，能被效仿吗？

在文旅复苏的大背景下，近期却接连出现黄河壶口瀑布、云南梅里雪山砌围墙防"偷窥"的新闻。在激烈讨论中，出现不少"为什么不学杭州西湖免门票"的声音。

《干在实处　走在前列——习近平浙江足迹》记载，2002年11月28日，时任浙江省委书记习近平考察杭州的第一站，就选在了西湖。这一年，杭州提出"还湖于民"，西湖也成为全国首个免费开放的AAAAA级景区。如今，全国各地游客纷至沓来。由此，不妨算一算景区免费开放背后的"三笔账"。

第一笔是"经济账"，免费开放带来了不可忽视的"西湖效应"。杭州旅游总收入从2002年的294亿元，增长到了2022年的1298亿元。第二笔是"口碑账"，在"还湖于民"的理念下，市民和游客可以共享西湖边的每一处景观，实现了公共资源利用效益的最优化。第三笔是"文化账"，拆掉围栏后的西湖于2011年被列入《世界遗产名录》，成为世界文化遗产保护中的"优等生"。

但近年来，部分景区受到门票收入占据景区收入"大头"、景区缺少周边配套设施以及服务管理能力有限等影响，仍选择"围墙挡景"。对此，西湖景区有哪些模式值得参考？

事实上，西湖免门票后的收益，多来自餐饮、购物等"二次消费"，通过创新"二消"产品开发，拓宽景区收入渠道。而景区门票也可以采取"有免有收"的方式，降低游客进入景区的门槛，让游客获得更多的游览体验。同时，杭州除了"西湖模式"外，还根据城市发展，探索出大型活态遗产保护利用的"运河样板"和大遗址保护融入经济社会的"良渚方案"，让文物保护和经济发展形成了"鱼与熊掌兼得"的局面。

或许对国内其他景区而言，照搬"西湖模式"并不现实，但这"三笔账"

背后的逻辑，确是能够被参考和效仿的。

潮新闻

记 者 周晨昀 周 旋

2023 年 6 月 24 日刊发

扫码观看

大树底下的"草"

观 潮

　　地嘉人善，是为嘉善。因毗邻上海，这里也曾遭遇"大树底下不长草"的烦恼，农业大县转型不易。

　　思路决定出路，以"上海需要什么，我们能做什么，我们能给什么"作为产业接轨转型的切入点，嘉善逐渐实现了从农业大县到工业大县的蝶变。

　　前些年，中央电视台拍摄《还看今朝》时，采访了嘉善的一位老大爷，问他愿不愿意换杭州的户口，老大爷连连摇头说，不换不换。自信的脸上，满是自豪感。

▲ 嘉善老大爷说："我不换！"（翁嘉怡　绘）

"小个子"嘉善，迸发大能量

2023年5月5日发布

潮友互动

嘉善县姚庄镇干部@ "nblegend"

很巧，中央电视台报道中这位不愿意换杭州户口的老大爷，我挺熟悉。他是姚庄的一位农民画老师，一句看似玩笑话的"我不换"折射出姚庄快速发展的事实。近年来，姚庄镇深入推进城乡融合发展，让城乡发展更有力度、更有温度。在姚庄，老百姓住进了政府建造的高品质公寓房，出门就可以跑跑绿道、逛逛商场，空了可以去书场听个书，去影院看场电影，也可以约上好友喝上一杯咖啡。在姚庄，还可以观看中美篮球邀请赛、全国女排冠军赛等一些大型比赛……这样的乡村生活，叫人怎么舍得离开？

@潮客_橙子

嘉善的发展，是浙江经济发展的缩影。老百姓的幸福感"杠杠"的。

@潮客_嘉陵江

充分发挥区域优势，做大做强区域经济。

@潮客飞哥 88

找准嘉善的价值，承接上海产业延伸，就能抓住发展机会！

潮 文 摘 要

"小个子"嘉善，迸发大能量

在浙北小城嘉善县，时任浙江省委书记习近平多次留下调研的足迹。2004 年 2 月 5 日，嘉善正扎实推进接轨上海的工作，习近平同志在调研后勉励嘉善充分发挥区位优势，主动接轨上海，努力建设成为浙江开放型经济的前沿阵地，为当地干部指明了方向。

多年来，嘉善牢记习近平同志的嘱托，积极融入长三角一体化发展，实现了本地经济社会高质量发展。最近，记者与省发改委长三角处和嘉善当地干部群众一起重走调研路线，感悟嘉善实现"小县大发展"的秘诀。

嘉善，襟苏带沪，是落实长三角一体化发展国家战略的"桥头堡"。但21世纪之初，不论是在基础设施建设、政策配套，还是在产业层次上，都出现苏浙两翼"北重南轻"的现象。2004年的嘉善仍是名副其实的农业大县，面临着长三角其他城市的强劲竞争。

2004年2月5日调研后，习近平同志为嘉善的未来支招——努力成为浙江承接上海产业延伸、吸引外资集聚的重要基地。多年来，嘉善从2005年制定《接轨上海行动计划》开始，到2019年被纳入长三角生态绿色一体化发展示范区，接轨上海，与长三角兄弟城市拥抱得越来越紧。

2005年4月第三次来到嘉善，习近平同志特别强调：嘉善不仅要抓住产业接轨这一重点错位发展，更要围绕"上海需要什么，我们能做什么，我们能给什么"设计工作和活动载体，逐步与上海建立起更广泛的紧密型合作服务关系。

经过多年实践探索，嘉善锚定差异化优势，不仅完成从农业大县向工业大县的蜕变，更是从招商引资转向了招商"选"资，从工业大县向工业强县不断跃升。

随着长三角各领域合作日趋紧密，嘉善人民的生活越来越便利、医教资源越来越丰富。通过开发西塘古镇等文旅资源，嘉善在推进长三角一体化的过程中与本地百姓共享发展红利，一切指向提升人民群众的获得感、幸福感。

潮新闻

记　者　胡静漪　顾雨婷　王志杰
通讯员　张文燕
2023年5月5日刊发

扫码观看

下姜村的蝶变

观 潮

下姜村是习近平同志在浙江工作期间的联系点。"土墙房、半年粮，有女不嫁下姜郎"是当时下姜村的真实写照。20年来，下姜村铭记习近平总书记的殷殷嘱托，实现了从"穷山沟"到"绿富美"的华丽转变。

今天（2023年5月8日），省委书记易炼红来到这里，开展"牢记嘱托、感恩奋进"现场学习，并调研共同富裕示范区建设。在调研中，他是怎么"解剖麻雀"的？更好更美更幸福的下姜又是怎样的模样？

▶ 下姜村（杨朝波 刘方 孙潇娜 摄）

易炼红赴淳安下姜村开展"牢记嘱托、感恩奋进"现场学习并调研共同富裕示范区建设

2023年5月8日发布

潮友互动

@smallpumpkin
"绿富美"的下姜村，是共同富裕的缩影。

@碧流
建设更美更幸福的中国特色社会主义新农村。

潮 文 摘 要

易炼红赴淳安下姜村开展"牢记嘱托、感恩奋进"现场学习并调研共同富裕示范区建设

在全省上下深入开展学习贯彻习近平新时代中国特色社会主义思想主题教育活动之际，5月8日，省委书记易炼红来到他的基层工作联系点淳安县枫树岭镇下姜村，开展"牢记嘱托、感恩奋进"现场学习，并走田头、访农户、问民情，在村里召开座谈会，深入调研高质量发展建设共同富裕示范区推进情况，与当地干部群众一起"循迹溯源学思想促践行"，更好感悟新思想的"源头活水"，重温习近平总书记的殷殷嘱托，不断增添建新功的信心力量。

中央主题教育第五指导组组长李锦斌、副组长任正晓和指导组成员，以及省领导刘捷、陈奕君参加现场学习和调研。

下姜村是习近平同志在浙江工作期间的联系点。20年来，下姜村实现了从"穷山沟"到"绿富美"的华丽转身。如今的村委旧址内部，仍原汁原貌地保留着当年的印迹，习近平同志赴下姜村调研时曾三次在此召开座谈会。易炼红先后走访村委旧址、村民家庭、经营主体和电力驿站等，现场学习习近平总书记对下姜村的帮扶纪实和殷切嘱托。聆听一段段让村民印象深刻的往事，细看一件件见证村庄发展的实物，易炼红勉励下姜村，要切实把习近平

总书记的重要指示学习好、领会好、贯彻好，在推动共同富裕中鼓励更多人创业创新、勤劳致富，建设更好更美更幸福的下姜村。

在下姜村杭州书房，易炼红主持召开基层代表座谈会，围绕共同富裕主题来了一次"解剖麻雀"。会上，下姜村原党支部书记姜银祥，下姜村党总支书记、村委会主任姜丽娟，枫树岭镇党委书记余慧梅，"大下姜"联合党委常务副书记张宏斌，以及万蜂堂莫岛蜂业"莫岛品牌"创始人陈星遥就推动乡村振兴、促进群众增收谈体会、说打算。

易炼红说，在习近平总书记亲切关怀、坚强指引下，下姜村发生了精彩蝶变，村民观念发生了大更新，乡村产业实现了大发展，生态环境发生了大改善，村民生活实现了大提升，基层组织得到了大锤炼。这根本在于习近平总书记当年明确的好方向、指引的好路子、擘画的好蓝图。下姜村是"八八战略"实施20年浙江精彩蝶变、新时代10年伟大变革的一个缩影，充分证明有习近平总书记的掌舵领航和习近平新时代中国特色社会主义思想的科学指引，我们就有了正确的方向、光明的未来。要饮水思源、感恩奋进，在循迹溯源之中更加坚定捍卫"两个确立"、坚决做到"两个维护"，更加坚定不移沿着习近平总书记指引的道路奋勇前进。

易炼红强调，开展主题教育关键是要牢牢把握总要求，做到学得深、悟得透、做得实、干得好。"学思想"就是要学懂悟透、真信真用，"强党性"就是要坚定理想信念、不忘初心使命，"重实践"就是要扛起责任、真抓实干，"建新功"就是要创优争先、勇立潮头，永远瞄准一流、对标最好，真正把"学思想、强党性、重实践、建新功"的总要求贯通起来、落实到位，推动主题教育取得让党中央和人民群众满意的实实在在的成效。

易炼红强调，要牢记嘱托、务实奋进，在推进乡村全面振兴中加快找出共同富裕新路子，以坚韧不拔的精神、严格的监管制度守护好绿水青山；推动好乡村振兴，选准产业，走绿色转型发展之路，进一步拓展"两山"双向转化通道，把良好的生态优势转化为发展胜势，借助数字经济发展，建设数字乡村，发展新产业新业态新模式；改善好村民生活，为群众办实事做好事解难事，全面提升乡村基础设施，让村民真正享受高质量发展和乡村振兴成果，让乡村不仅有宁静的空间、清新的空气，还有便利的交通、齐全的设施，成为人人羡慕的地方；建设好班子队伍，进一步建强基层组织，提升基层治理水平，让以下姜村为代表的浙江农村"金名片"更加绽放光彩、大放异彩，展现浙江在推进共同富裕示范区建设上"勇立潮头"的胆识气魄、"永立潮头"的境界追求。

随后，易炼红来到大墅镇孙家畈村，考察"冬闲田联农共富"项目，听取"百村万亩亿元"产销共同体建设情况汇报，了解"大下姜"联合体推进共同富裕等情况。他充分肯定跨区域协同发展的探索实践，希望当地坚持示范带动、区域联动、协同发展，形成规模集聚效应，推动共同富裕走深走实。

潮新闻

记 者 翁浩浩

2023年5月8日刊发

扫码观看

畲族歌王的歌

观 潮

　　在景宁畲族自治县双后岗村蓝陈契家里，保存着一张珍贵的照片，那是时任浙江省委书记习近平视察时与她的合影。作为畲歌传承人、畲乡"歌王"，她当时难掩内心的激动，唱了一首畲乡的歌：高兴啊……

　　今天，如果让她再唱这首歌，这"高兴"里一定会有更丰富的层次与色彩！

▶ 2007 年 4 月 14 日，蓝陈契（中）在双后岗村为前来采访的央视记者（左、右）示范"幸福吉祥"等畲族手语（李肃人　摄）

从畲乡景宁巨变，看山区县如何蹚出共富新路

2023 年 5 月 8 日发布

💬 **潮友互动**

@潮客_y98T88

让百姓移得出、住得进、富得起，体现了一切为了人民的思想理念。

@blacksheeeeepppp

山区腾飞得把握时代机遇、聚焦山区特色、优化发展模式、缩小差距。

@潮客_y7n6ch

"大搬快聚"，畲乡群众搬出大山，聚出了全新发展。景宁在变化、在发展。景宁的未来充满潜力。

潮文摘要

从畲乡景宁巨变，看山区县如何蹚出共富新路

本文是《浙江日报》记者与省农业农村厅干部赴景宁开展主题教育调研之作。一行数人与当地党员群众一道，重走习近平同志于2002年11月25日、2005年8月10日两次到景宁调研的路线，一路走访、一路学习、一路调研、一路感悟。

在景宁，调研小组攀爬过雨后泥泞的山路，来到习近平同志当年到过的点位，对照《浙江日报》当年报道和相关材料，通过党员群众现场讲述、对比前后照片等，系统学习近平同志关于欠发达地区加快发展的重要论述精神，忆当年、话现在、说未来，观察山乡"容貌"巨变；深入下山移民安置小区、幼儿园、产业园区等，与干部群众、企业负责人、社区工作者等交流、座谈，提出有针对性的意见建议，感受景宁通过"大搬快聚"等重大工程取得的"内核"巨变；在畲乡景宁党群服务中心、东坑镇新和村平桥自然村等地，请新和村（原平桥村）72岁的"老支书"洪克贵等亲历者，现场回忆讲述当年

习近平同志调研的点点滴滴，感悟习近平同志给予欠发达地区加快发展的谋划部署，给予景宁这个全国唯一畲族自治县的关心厚爱，也感受到畲乡党员干部20年来如何牢记习近平总书记谆谆嘱咐，感恩奋进取得各项新成绩的精神巨变。

文章在深入调研的基础上，通过提炼"移、留、拓"三字诀，对应优化县域人口布局、缩小城乡生活差距、找寻畲乡发展支点三种变化、三个维度，展现了畲乡景宁20年来探索走上山乡共富路的蓬勃活力，"解码"了浙江山区县如何发展成为经济新增长点的"思想之源"。

潮新闻

记　者　金春华　范　波　邬　敏

通讯员　陈伊言

2023年5月8日刊发

扫码观看

"烟火气"背后

 观 潮

淄博烧烤一夜"走红",让很多人向往那里的"烟火气"。我们想当然地认为,在淄博可以随时随地随性烧烤,而当地城管等部门可以无为而治。

其实,在淄博烧烤"走红"之前,政府管理部门与摊主之间有过多年的磨合:在相对集中的区域烧烤,每个摊位都要有油烟处理装置等,如此就形成了一个约定俗成的良好生态,在满足一个群体利益的同时,也尽量减少对其他群体的干扰。

挺想念望江门附近的慧娟面馆,一盘螺蛳、一碟毛豆、一碗片儿川,面汤入口,周身舒坦。

▲ 慧娟面馆(魏志阳 摄)

潮评 | 夜市不"野",规范起来才会更"靓"

2023年5月17日发布

潮友互动

@潮客_wiaf3v

　　喧嚣的夜市、杂乱的地摊后面，也许是一家人的生计、一群人的生存。生活是大事，是人间烟火，"治之于未乱"，方能抚人心。

@潮客_e6abhr

　　逛夜市已经成为夏日夜晚的必选。感受"烟火气"，感受小吃摊，和朋友"压马路"。多些规范，就多些安全和放心。

@潮客_eyjzhe

　　夜市是城市的毛细血管，小但是很重要。该疏通疏通，活络起来促进城市健康。

潮文摘要

潮评 | 夜市不"野"，规范起来才会更"靓"

　　号称"100元吃到饱"、人气火爆的杭州"鸿宁路夜市"，因为扰民和影响交通等问题，近日被有关部门执法叫停了。夜市凉了，对夜市的讨论却热火朝天。

　　夜市流动摊贩造成的交通堵塞、噪声扰民、环境污染等诸多问题，一直是城市管理的难题。人们期待城市的"烟火气"，也期待市容环境干净整洁。如何既释放"夜经济"的活力，不占道扰民，又不给城市管理添堵？这之间无疑是存在矛盾冲突的。如何努力找到两者的平衡点，考验着城市治理的精细化和责任心。

　　不可否认，这个找到平衡点说起来容易，但其实做起来是最难的。放任自流，让其野蛮生长，肯定不行。管得过于严苛，不管不顾地"一刀切"，结果往往不尽如人意。就好比一棵树，过度修剪，可能会导致树木枯死。所以这不是一道简单的选择题，而是要创新手段、有序引导的综合判断题。

物无妄然，必有其理。具体而言，夜市不"野"，规范起来更"闪亮"，这是城市为民服务的善治思维。事实上，杭州不乏武林路、胜利河、望江门等知名的老牌夜市。这些传统夜市之所以能够长存，离不开政府相关部门的共同守护，在"放"和"管"之间找到了"治慧"之道。

值得注意的是，就在今年五月初，中央文明办发文，不再将流动摊贩纳入城市文明考核标准。这意味着，与小商小贩和流动摊贩相关的执法今后将更加文明、包容和人性化。拿"鸿宁路夜市"来说，叫停之后，再找个地方让他们继续摆摊经营，让"野生"变得正规起来，不失为可行的办法。如此一来，城市管理的"面子"有了，保留下来的"烟火气"也是对民生的温暖呵护。

潮新闻

评论员　陈　江

2023年5月17日刊发

扫码观看

"浙"里乡村谁最潮

"走过一村又一村，村村像城镇；走过一镇又一镇，镇镇像农村"，这句话并不是在褒扬浙江城乡推进城市化进程所取得的成效，而是说那时浙江的农村远看有城镇的形，近看无乡村的魂。

20多年前，要去参访一个先进村，得路过无数个"脏乱差"的村。正是在这样的背景下，浙江开始实施整治万个村、示范千个村的"千村示范、万村整治"工程。从整治环境入手，振

▲ 晨曦中的磐安县尖山镇乌石村新村（林明泉　摄）

兴乡村产业，复兴乡村文化，夯实基层基础。

20年久久为功，"千万工程"造就了浙江万千美丽乡村，造福了万千农民群众。如今浙江的乡村既兼田园之美，留住了乡愁，又具城市之利，便捷了生活。乡村景色宜人，美食诱人，又书香满庭。

让我们去浙江广袤的乡村，看看"浙"里的乡村谁最潮。

谁最潮·归宿 | 捧一册地方志　坐看云卷云舒

2023年5月23日发布

潮友互动

磐安县尖山镇干部@不二作者

　　既新潮又有底蕴的地方志主题民宿这两年火了。其实，在浙江，这样的美丽乡村还有很多。比如，我们磐安县尖山镇乌石村自2005年第一家农家乐开业以来，一面把绿水青山间的农村打扮漂亮，一面守护乡村记忆、挖掘文化内涵，让游客都能看得见风景、记得住乡愁，也成为"千万工程"造就万千美丽乡村的一个生动注脚。

潮客_2a8v37

　　看天也观云，沐风又浴日，心里无忧愁，就是幸福时。

潮客_p48x6h

　　远离喧嚣，独自芳华，喜欢这样宁静的住所。

朝朝暮暮9829

　　这里风景如画，怡然自得，真是个好地方。

谁最潮·归宿 | 捧一册地方志　坐看云卷云舒

寺前地方志主题民宿位于磐安县尖山镇自然村。

据《磐安县志》记载，唐乾符二年（875），黄幡（原万苍乡，现已并入尖山镇）建崇教院，又名崇福寺、黄幡寺，崇教寺址在万苍乡金字山山脚。自然村因为在崇教寺前，所以自古被称为"寺前村"。

民宿主理人的爷爷陈亨华今年93岁，是首部《磐安县志》的编撰人员之一。编撰该书时，磐安复县不到十年，编撰人员分赴杭州、金华和东阳、永康、仙居、天台、缙云、新昌等地的档案馆、图书馆，查阅抄摘与磐安有关的历史档案资料，并不断查访、补充、修改，付出了许多心血。

因为爷爷对地方志有着深厚的感情，所以民宿主理人去全国各地搜集方志，建成地方志主题民宿，以圆老人广收天下方志、广交天下"志友"的愿望。民宿就是一个平台，广邀各地收藏方志、志同道合的"志友"，带着方志到磐安，在绿水青山的自然村乡野上，共建一座"方志博物馆"！

寺前地方志主题民宿于2022年正式开业，民宿内茶潭、泗岩、墨林、润川、岭溪、流岸、岩潭等别致的客厅、房间名，都取自磐安当地地名。目前，民宿已收集全国各地方志3200多册，民宿内现场展陈1000多册。

磐安地处"浙江之心"，青山环绕、绿水长流，空气质量优良率达100%，PM2.5常年平均为每立方米21微克，是名副其实的"浙中水塔、天然氧吧"。到寺前，捧一册地方志，坐看云卷云舒，何等惬意？

扫码观看

潮新闻

监　制	刘　焜
策　划	施晓义
记　者	杨振华　沈　立
共享联盟·磐安	杨莹萍　朱俊敏

2023年5月23日刊发

江南美，最美是杭州

观 潮

说杭州是一座最具幸福感的城市，估计不会有人提出异议，但说杭州是一座创业之城，不少人会表示不敢苟同，有诗为证："暖风熏得游人醉，直把杭州作汴州。"对于外地朋友的固有认知，我常常无言以对。2004年，杭州获评中国最具经济活力城市，那段颁奖词我常常拿来引用：

▲ 2023年5月29日，在2023中国幸福城市治理论坛暨第十七届"中国最具幸福感城市调查推选活动"启动仪式上，麦家成为首位"中国城市幸福大使"（富阳区委宣传部 提供）

　　一个将天然优势与现代产业巧妙结合，引领休闲经济潮流的城市；一个生活就像在旅游，懂得将安宁幸福的感受转化为活力和财富的城市；一个以不温不火的态度和风风火火的速度，走出了自己节奏的城市……

　　后来，我又遇见了富阳知名乡贤麦家先生，他回杭数载，对这方山水饱含真情，按照"天堂的模样"创办了写作者的"理想谷"，每每以笔墨颂扬杭州。记得他曾在《人民日报》上发表过一篇美文，历数杭州的历史、人文、经济、环境、文明，并在文章的最后深情地写道："江南美，最美是杭州。"

　　近日，他成为首位"中国城市幸福大使"。在茅盾文学奖获得者的眼里，"幸福"该是怎样的模样？

麦家成为首位"中国城市幸福大使"　直言不敢当

2023年5月30日发布

潮友互动

@猫王 CatKing
　　幸福是思想的花朵，是一种心灵的震颤。麦家适合成为首位"中国城市幸福大使"。

@潮客_dsxzhk
　　幸福城市的指标很多。杭州人的感受就是安全感满满，便捷的日常就是让人最满意、最幸福的。

@热衷吃烧烤
　　只要城市是温暖的，人就会感受到幸福。

麦家成为首位"中国城市幸福大使"
直言不敢当

麦家，作为中国作家协会副主席、茅盾文学奖得主，曾被授予过很多"大使"之称，如全民阅读形象大使、反盗版形象大使、荐书大使……

"这些'大使'称号，我都能坦然接受。但作为一个幸福大使，我实在不敢当。"5月29日，在故乡杭州富阳，麦家如是说道。

当日，在2023中国幸福城市治理论坛暨第十七届"中国最具幸福感城市调查推选活动"启动仪式上，麦家成为首位"中国城市幸福大使"。

他借用阿根廷诗人博尔赫斯的话："我犯下了人类所能犯的，最深重的罪孽：我从不感到幸福。"麦家说，不幸福是一种罪，但"幸福大使"这个头衔，让他有幸被豁免了不幸福，"实在感到惴惴不安"。

麦家还认为，幸福的奥秘是神秘的，活到今天的他，也没有完全掌握它，因此"内心很忐忑"。

但是，麦家又非常荣幸自己能成为"中国城市幸福大使"。

从斑马线前礼让行人，到如今全民喜迎亚运，街街巷巷里都藏着小幸福……回到家乡杭州15年，麦家常常觉得，杭州是一座能让人更幸福的城市。"几乎每一天每一年都会发现她的变化，尤其是她为了人们幸福所做的各种努力。"

从一个人的幸福，到一群人的幸福，汇集起来，就是一座城的幸福。

迄今为止举办了16年的"中国最具幸福感城市调查推选活动"，杭州年年上榜，成为全国唯一一座连续16年当选的"中国最具幸福感城市"。

此外，杭州市富阳区、拱墅区分别连续三年、两年获评"中国最具幸福感城区"；2022年，杭州市临安区也成功加入这一"朋友圈"。

如今成为"中国城市幸福大使"，虽"惴惴不安"，但麦家表示，会努力做到实至名归。"希望能通过自己的宣传和推广，在人们内心播下一颗幸福的种子，让大家都能勇于追求幸福。"

潮新闻

记 者 陈文文 李 睿

2023 年 5 月 30 日刊发

扫码观看

余村的变迁

 观 潮

余村，因境内天目山余脉余岭而得名，是湖州市安吉县的一个小山村。20年来，余村走过了浙江大部分乡村共同的发展轨迹，从卖资源承受环境之痛，到保环境体验减收之压，再到卖风景实现良性循环。"千万工程"实施20年，余村只是万千美丽乡村的一个缩影。

20世纪八九十年代，余村发展"石头经济"，开矿山，办水泥厂，成为迅速富起来的村之一，村级集体经济"日进万金"。村富了，村民们却整天生活在尘土飞扬的环境之中，不仅没有幸福感，身体健康也成了问题。按照生态省建设的要求，余村忍痛关停矿山，环境慢慢变好了，村干部们的另一个忧虑也相伴相生：村级集体经济收入只有矿山关停前的零头。

在这个痛苦抉择当口，时任浙江省委书记习近平赴余村调研，看出了村干部们复杂的心境，当即肯定了关停矿山是"高明之举"，又提出了"绿水青山就是金山银山"的理念，并指出，随着"逆城市化"的到来，生态农业、生态旅游大有可为，此时的"绿水青山"就可以转换成"金山银山"。

　　我曾在采访手记《在路上》一书中写过一段感悟：直到今天，很多人在谈论"绿水青山就是金山银山"理念时，只关注环境保护这一端，而事实上，"绿水青山就是金山银山"理念是一个关于科学发展的完整科学体系，离开了发展这个大背景，单纯的保护就显得苍白与无力。

乡村之美 | 浙江乡村，20 年坚持一件事

2023 年 6 月 14 日发布

▲　安吉余村青山环绕，游客在余村"绿水青山就是金山银山"石碑前观光"打卡"（夏鹏飞　摄）

潮友互动

安吉县天荒坪镇团委干部@Fsijiaa

　　"千万工程"实施20年以来，余村努力恢复生态，保护绿水青山，走出了一条生态兴、产业美、百姓富的可持续发展之路。今天的余村又开始了新的尝试，着力探索中国式现代化的乡村路径，让发展空间更大、产业更新、活力更足。

安吉县天荒坪镇余村村民@小梅

　　我是一名土生土长的余村人，从过去炸山开石矿、烧石灰、卖水泥，到现在大力发展乡村旅游、卖文化、卖风景，我看到余村日新月异的变化，看到余村越变越美丽的村庄环境，看到余村老百姓越来越红火的日子，我发自内心为家乡感到骄傲。希望越来越多的人来余村参观游览，听一听"绿水青山就是金山银山"理念在余村落地生根、枝繁叶茂的故事，让更多的人了解在我们安吉、湖州的村强、民富、景美、人和的美丽生态画卷。

@潮客_jpihgy

　　这还能带动乡村旅游和文化创意产业等新兴业态的发展，比如我们村让游客通过大棚采摘体验农家乐，据说县里之后还有音乐节，感觉这都促进了城乡融合发展。

@绝色佳人

　　这项工程不仅改善了农村环境，而且提高了农民生活品质和经济收入，并为其他省的乡村振兴提供了借鉴和参考，是一个值得再坚持20年的事。

乡村之美｜浙江乡村，20年坚持一件事

过去20年，浙江的万村千乡，坚持做了一件事。

2003年6月5日，时任浙江省委书记习近平亲自谋划、亲自部署、亲自推动"千村示范、万村整治"工程：花5年时间，从全省近4万个村庄中选择1万个左右的行政村进行全面整治，把其中1000个左右的中心村建设成全面小康示范村。

20年间，"1万个"已经推广到所有行政村。浙江乡村，已经变得不一样。

它们让城里人很向往。通达的道路、优美的环境、健康的食物、蓬勃的新业态……乡村的吸引力与日俱增。一到节假日，城里人都爱往农村跑，因为那里望得见山、看得见水、记得住乡愁。

它们成为全国的样板。"中国网店第一村""中国生态第一村""中国第一农民画村"……浙江乡村一刻不停地朝着乡村振兴努力，把产业兴旺、生态宜居、乡风文明、治理有效、生活富裕变成真实的场景。

它们走上了国际的舞台。不管是摆脱贫困还是农民增收，不管是生态保护还是传统文化保护，一个个曾经默默无闻的浙江小村，不断向世界发出美丽中国的声音，为各国乡村带去"中国经验"。

从美丽生态到美丽经济，再到美丽生活，"千万工程"实施20年来，浙江乡村收获了千千万万个改变和蜕变，也必将继续用千千万万个日夜，在加快城乡融合发展、推动美丽中国建设、全面推进乡村振兴中，不懈探索。

潮新闻

记者 祝 梅

2023年6月14日刊发

扫码观看

山区县的夺鼎之路

观 潮

　　最早认识缙云县缘于画报上的一张图片：远景是云雾缭绕、山峰若隐若现的翠绿群山，近景是平静如镜的水面倒映着笼着云雾的远山，中景是一座横贯东西、平直的石桥。在石桥上处于黄金分割点的位置，有一位头戴斗笠、身着蓑衣的老翁牵着一头水牛，手撑红伞、身材曼妙的少女紧随其后。这真是一张让人过目不忘的图片。

　　后来知道这地方叫缙云，一个以轩辕黄帝名号命名的县。缙云烧饼很出名，据说也与轩辕黄帝有关，称"轩辕饼"。若干年前，缙云县政府为了弘扬这一非物质文化遗产，同时也为了增加就业机会，设立了"烧饼办"，统一标准、传承技艺、增加收入，这小小的烧饼一年的产值就达到了几十亿元。

▲ 2017年10月16日，缙云仙都，雨后山色空蒙，云雾缭绕，牧牛的老农走过石板桥，一幅江南水墨画跃然而出（许小峰　摄）

　　缙云在我的印象中就是一个风景优美、宜居宜游的地方，夺得代表治水的"大禹鼎"、代表平安建设的"平安鼎"、代表乡村振兴的"神农鼎"并不意外。作为一个山区县，缙云离大城市较远，区位上并无优势，教育、医疗、文化配套等短板显而易见，吸引人才、招引大项目难上加难，但是又夺得了"浙江制造天工鼎""科技创新鼎"，实现了夺鼎的"大满贯"。拥有鼎湖的缙云县是怎么做到这些的呢？

缙云，何以鼎鼎有名

2023年6月12日发布

💬 潮友互动

缙云县东渡镇人民政府干部@处州苗苗

　　"牧童、短笛、青牛、薄雾"构成了缙云的代表"画作"，也是很多外地朋友对缙云的初印象。生活在"心中有闲适，悠然望山水"的山水田园间，山区县的各种困境并没有给我们的发展带来阻碍，这里的领导干部有想干事的态度、能干事的本领、干成事的韧劲，这里的群众大力支持配合，幸福感大大提升。在缙云，妙哉！

缙云县委党校干部@厨神不放盐

　　群山环抱的缙云，是南方黄帝文化中心，更是一片神奇的土地，有着解码黄帝文化中蕴含的创变、创新、创造、创富的"四创"精神、吃苦耐劳的霉干菜精神、奋勇争先的大洋水库精神、自力更生的雪峰精神等不同时期精神的新时代缙云精神。路虽远，行则将至；事虽难，做则必成。只要肯用心、肯用情、肯用脑，拥有鼎湖的缙云，就有拿鼎"大满贯"的豪气和底气。

潮客@心向光

　　缙云制造业的发展，对山区26县有借鉴意义。优化营商环境，筑巢引凤，就会有越来越多的企业家到这里投资兴业。

缙云，何以鼎鼎有名

全省26个山区县之一的缙云，"鼎鼎"有名。

日前，省委办公厅、省政府办公厅联合印发《关于2022年度实施乡村振兴战略实绩考核结果的通报》，缙云被授予"神农鼎"。至此，该县实现了"大禹鼎""平安鼎""科技创新鼎""浙江制造天工鼎""神农鼎"的"大满贯"。

五鼎均以省委、省政府名义颁发，分别是治水、平安建设、创新、制造业、乡村振兴领域的最高荣誉。全省仅缙云、嘉善、德清三个县（市、区）实现"大满贯"，而缙云是唯一山区县。

对山区县而言，夺鼎难度最高的是"浙江制造天工鼎"和"科技创新鼎"。三年来，缙云规模以上工业产值从266.1亿元增至404.9亿元，年均增速达23.3%。

创新要素短缺，是困扰山区县的普遍难题，缙云却连续两年拿下"科技创新鼎"。据介绍，通过集中力量办大事的方式，当地打造了一批集约式创新平台，支撑县域经济创新发展。

据统计，2022年，缙云实现地区生产总值301.51亿元，比上年增长5.2%；农村常住居民人均可支配收入比上年增长8.7%，城乡居民人均可支配收入比值为1.89，均好于全省平均。

浙江省发展规划研究院副院长潘毅刚表示，缙云的成绩意味着山区县高质量均衡发展成效显著，具有样本价值。

潮新闻

记 者　王世琪　邬　敏

通讯员　汪峰立

2023年6月12日刊发

扫码观看

美丽浙江的缩影

观 潮

在6月21日召开的全省深化新时代"千万工程"全面打造乡村振兴浙江样板推进会上，安吉县委常委、天荒坪镇党委书记贺苗在回顾"千万工程"实施以来的变化时，用了"感慨万千"这个词。

从发展"石头经济"时的"秃头山"到关停矿山、恢复"绿水青山"，从"卖石头"到"卖风景"，从"穷乡僻壤"到"网红打卡地"，天荒坪镇就是全省城乡实施"千万工程"以来生态、生产、生活发生精彩蝶变的一个缩影。

▲ 绿水青山环抱下的天荒坪镇余村（潘学康 摄）

省委书记易炼红说:"千万工程"是展示美丽中国、美丽浙江的"金名片",蕴含中国特色社会主义在省域层面实践、理论、制度创新成果的"大宝库",推进中国式现代化省域探索的"强引擎"。在新征程上,"千万工程"将铭记嘱托再出发、再深化、再提升。

涌金楼丨总书记屡次批示的这件事　浙江怎么做出新花样

2023年6月21日发布

💬 潮友互动

安吉县农业农村局干部@吴念子

"千万工程"用20年时间为浙江描绘出一幅动人的乡村画卷,在余姚、松阳、安吉等地,乡村的发展已经迈向现代化,为县域经济高质量发展提供有力支撑,城乡一体化向更高水平发展,老百姓的生活越过越好。

安吉县孝丰镇竹根前村村民@潮客_9iy24o

村里的生活垃圾有人来处理回收,污水有政府来截污纳管,旱厕全被翻新成干净卫生的马桶,在家门口就能寄快递、办证件、看病,每天在村里的广场上散散步、跳跳舞、唠唠嗑,生活是越来越方便了。

@蓝莓 blueberry

去浙江乡村走一走,有很多新鲜的业态集群,比如安吉的数字游民公社、宁波的荷塘咖啡都是极具创造力的。你还别说,这些业态的"网感"都很足,接下来就是让这些冒尖的业态扎根,发挥更大作用。

@快乐 Joy:

推进乡村振兴没有标准答案,必须实事求是,因时因地制宜,遵循乡村自身发展规律。

涌金楼｜总书记屡次批示的这件事　浙江怎么做出新花样

万千浙江乡村，有一个共同特质：美丽。

这份由表及里的美，源自浙江持之以恒实施了20年的"千万工程"。

这是习近平同志在浙江工作期间亲自谋划、亲自部署、亲自推动的一项重大决策。

以乡村人居环境改善为切入点，20年间，"千万工程"持续加载新内涵，从浙江走向全国，从一项民生工程转化为推动中国乡村振兴的战略工程。

这件被习近平总书记放在心尖上的事，浙江怎么做出新花样？6月21日，在全省深化新时代"千万工程"全面打造乡村振兴浙江样板推进会上，这个问题有了答案。

乡村振兴的浙江样板应该是什么样？浙江用16个字概括：千村引领、万村振兴、全域共富、城乡和美。这16个字，是结合新形势新任务，浙江深化"千万工程"的目标、抓手。

党的二十大首次提出"建设宜居宜业和美乡村"，对标全国领先、世界一流，深谙美丽乡村建设的浙江，又要先行一步。过去20年，浙江从农村人居环境问题入手，层层递进破解农村发展的难题，也开辟了美丽生态、美丽经济、美丽生活有机融合的发展新局。

浙江农村的深刻变化是全国样板，也走上了国际舞台。站在引领中国"三农"发展的宏观高度，党的十八大以来，习近平总书记多次对浙江"千万工程"作出批示。最新一次批示就在最近。据《浙江日报》报道，2023年5月15日，省委常委会召开会议，传达学习习近平总书记关于"千万工程"的重要批示精神。

围绕"千万工程"，有两个关键词：乡村全面振兴、城乡融合发展。这也是20年前"千万工程"在浙江开篇的起点。

潮新闻

记 者 祝 梅

2023年6月21日刊发

扫码观看

乡愁的模样

 观 潮

在城市化快速推进的过程中，城市处于强势地位，乡村则是仰望城市的一方。我见过不少这样的场景：在村庄的入口处突兀地出现一大片草坪，农居的阳台上闪耀着不锈钢的光芒，田园中的石子路已经硬化成水泥路，老宅子改建成了安上类似于小"埃菲尔铁塔"构件的小洋楼……

实践是最好的老师。

▲ 永嘉县枫林镇兑垟村向日葵花海助力乡村振兴，云上四季花海成"网红打卡地"（林翻翻 摄）

慢慢地，我们知道了，城里人根本不稀罕村里所谓的高楼大厦、柏油马路，乃至村"中央公园"的草坪绿化，反而是那些看起来毫无用处的农具吸引了他们的目光，那些大俗大雅的农民画让他们驻足称奇。

慢慢地，我们知道了，种植大片的油菜、向日葵，主要不是为了葵花籽、菜籽油，而是为了能让城里人兴奋、疯狂的大片大片的花海。

慢慢地，我们知道了，荷塘边上的田埂、稻田路上的泥泞是城里人的乡愁。

慢慢地，我们知道了，只有建设好属于自己的精神家园，我们才能心有所依，城与乡才能平等对话，才能相互吸引，才能共同奔赴远方。

"千万工程"启示录之四：心有所依，涵养精神家园

2023年6月23日发布

潮友互动

@潮客_eeguhx
浙江这边的农村基建都弄得蛮好的，村里各种硬件齐全，健身场地、篮球场、足球场啥都有，还有图书馆、活动中心，甚至有各种智慧社区、数字驿站。

@潮客_wxjxhv
好时尚，一个村居然不断尝试AR、元宇宙等新鲜事物，可谓走在时代前沿。

"千万工程"启示录之四：心有所依，涵养精神家园

提到农村的孩子，你会想到什么？是山野上的放牛娃，还是村口树下肆意撒欢的孩子，或是靠爷爷奶奶拉扯长大、只能和手机相伴的留守儿童？抛开这些刻板印象吧，来浙江的乡村，重新认识一下这些孩子和他们所在的地方。

走进德清县兆丰未来社区悦读悦享·开元书院，我们注意到一个墙角：整洁的木地板上，立着一排儿童水壶。它们的主人是秋山幼儿园大班的十几个孩子，孩子们正在二楼的公共空间上一堂漆器"非遗"体验课。这排水壶色彩缤纷、款式新颖，有男生喜欢的奥特曼款式，也有女生喜爱的小动物款式，整整齐齐地码放在墙角，静静等着小主人下课。

这是城里很多青少年宫教室外常见的场景。在德清的这个乡村，这也已变得平常。一个个小水壶，折射出城乡孩子在物质上、审美上乃至人的全面发展上，都已趋向同一水平。

这就是浙江的乡村，哪怕只是一个墙角，都在向你诉说：我们和以前不一样了。深入实施"千万工程"20年间，浙江的乡村有着相似的变化，有了崭新的楼房、整洁的村道，人居环境显著改善；浙江的乡村又各有特色，你有文化馆，我有博物馆，文化风貌大不相同。曾经在建设中遇到的"千村一面"的阵痛，也因为深挖文化内涵而逐步得到缓解。

实施乡村振兴战略，不能光看农民口袋里的票子有多少，更要看农民的精神风貌怎么样。连日来，我们蹲点德清，走访全省，要说最直观的感受，那便是村子有了文化的气息，村里的人也越来越文气。

潮新闻

记 者 陆 遥

通讯员 俞思衍

2023 年 6 月 23 日刊发

扫码观看

"浙江第一区"的中轴线

　　杭州市新一轮区划调整后，余杭区被一分为二，新设了余杭区与临平区。这样一来，区划调整之前的余杭区就成了"老余杭区"，后者当然就是"新余杭区"了。

　　那时网上流传的一个段子直接把人绕晕了："老余杭区不在老余杭，新余杭区在老余杭。"这里的关键点是"老余杭"，自余杭置县以来，驻地一直在余杭镇（现称"余杭街道"），人们就把余杭镇一带俗称为"老余杭"，杭徽高速公路上还专门设有"老余杭"出口，不少从外地来余杭的朋友客商经常搞错，从"老余杭"出口下高速，结果与区政府所在地相距甚远。

　　20世纪50年代，因为从余杭镇去杭州交通极为不便，而沪杭铁路经停临平进

▲　余杭中心城区高楼林立（杭州未来科技城管委会　提供）

121

城便捷，因此县政府的驻地就搬迁到了临平。从此，临平慢慢地就成了余杭的政治、经济、文化中心。历经六七十年的耕耘，临平集聚了余杭的教育、医疗、产业等资源，作为杭州"一主三副六组团"中的副城，临平名副其实。

而"新余杭区"，经济活力满满，人才蜂拥而至，又有城西科创大走廊的赋能、杭州西站等大型交通枢纽的牵引，确实是"梦想中创业的地方"，美中不足的是在城市景观的形成、城市功能的配套、城市发展的布局等方面亟待从杭州城市新中心层面加以谋划，因此将于9月揭晓的科创城中轴线国际招标结果就非常值得期待。

"浙江第一区"城市中轴线如何规划？全球征集方案中

2023年6月10日发布

潮友互动

余杭宣传干部@百丈麻雀
　　余杭从杭州城区边上的一个县城，到撤市设区打造都市新区，再到现在建设杭州城市新中心，发展迅速。作为一名余杭人，我见证了余杭这几十年的跨越式发展。新中心与"第一区"，在某种程度上是相呼应的。我们要把新中心和"第一区"的故事讲好，让更多人、更多地方都传播余杭好声音。

@潮客_32puhm
　　该活动有望为余杭区提供优秀的城市设计方案，并进一步推动余杭成为杭州未来的科技创新中心之一。

@潮客_ad38hw
　　我觉得可以从历史文化以及环境保护角度出发，规划出文化中轴、历史中轴和绿色中轴。

"浙江第一区"城市中轴线如何规划?
全球征集方案中

余杭区打造杭州城市新中心有了新动作。

2023年6月9日,杭州新中心城市设计国际竞赛发布会在未来科技城举办。此次竞赛将海纳全球智慧,共同构建具有数字科技国际引领力的科技创新中心。

去年8月,杭州在新一轮国土空间规划中提出,余杭作为科创中心,与武林和湖滨、钱江新城并列为杭州城市新中心。

今年5月,余杭发布了《杭州城市新中心核心区(中轴线)实施性城市设计及重点建筑景观概念设计》国际方案征集公告,就杭州城市新中心核心区向全球公开征集城市设计方案。

截至5月23日,共收到了来自16个国家的66份国内外优秀团队申请文件。经过专家组评审,最终5家符合资格的设计机构入围,包括罗杰斯史达克哈伯建筑设计咨询(上海)有限公司(RSHP)、华南理工大学建筑设计研究院有限公司、肃木丁建筑设计咨询(深圳)有限公司等。

据了解,本次国际方案征集将于今年9月上旬正式提交设计成果,并在当月召开成果评审会,方案设计为期3个月。

在杭州国土空间总体规划中,余杭被定位为科创型城市新中心。据了解,此次城市设计核心区位于新中心的重点区域,是余杭古今千年发展轴和城西科创大走廊"廊轴"战略交汇点,也是杭州主城区重要的新功能中心。

未来,余杭将打造南至和睦水乡、北至向往街的2.5公里的活力中轴,遵循"以人为核心"的原则,合理把握中轴沿线建筑高度与中轴空间尺度的关系,强化景观、交通、地下空间与城市功能的联系与互动,处理好中轴建筑簇群、文化地标、开放空间之间的关系,从而探寻面向未来、创新的城市空间新范式，打造世界级的城市中轴空间形象。

潮新闻

记　者　甘居鹏

通讯员　冯柯柯

2023 年 6 月 9 日刊发

扫码观看

高楼变迁里的城市美学

对于钱塘江畔北岸那座四四方方、顶个球的杭州电信大厦，杭州人民是记忆犹新的。

因为那时的钱塘江两岸鲜见高楼，而此楼又被冠以"浙江第一高楼"的称谓；由于迟迟不见大楼竣工，人们产生了有关"楼歪歪"的猜想；更因为这座"浙江第一高楼"与人们心目中的杭州地标建筑相距甚远，人们常常议论。大楼既无线条流畅的现代感，也缺乏城市美学的韵律与味道，怎么看都很"土"，"第一楼"只是比一般大楼"高"了一些。

▲ 杭州电信大厦（陈欣 摄）

无论如何，杭州的高楼从 100 米到 200 米，标志着一个时代的变迁。杭州从"西湖时代"逐渐迈入"钱塘江时代"。从 200 米到 300 米，则体现了城市格局的打开、城市布局的优化、城市功能的完备，以及人们对这座城市寄予的希望、梦想。

新一轮城市的发展，恐怕不会再以高楼论英雄。尤其是对杭州这座历史文化名城来说，保持传统与现代交相辉映的城市风貌更为重要。说不定在未来城市的规划中，会有一片没有高楼却独具江南韵味又集约利用土地的新空间，生活在这里的人们脸上写满了欢笑与幸福。

"八八战略"20 周年的民生实践 | 不断"长高"的城市

2023 年 7 月 12 日发布

潮友互动

@潮客_dsxzhk

西湖边不能建高楼，留住了韵味，这点非常值得称赞。

@疏影无尘

楼宇林立，城市的发展带来了更多机遇和挑战，坚持"八八战略"，打开思路，锚定高质量发展，从楼房的高度、发展的深度都可以看到杭州的潜力无限。

潮 文 摘 要

"八八战略"20 周年的民生实践 | 不断"长高"的城市

车过钱江三桥，一片临江而立的高楼中，头顶着大圆球的杭州电信大厦淹没于其中，只隐约露出球顶和细细的天线，毫不起眼。

20年前，这幢当时的"浙江第一高楼"，却因为"造歪了"的传闻，引发了《钱江晚报》记者为时两个多月的调查采访。

从2003年8月开始，我和其他两位同事四度现场采访，陆续寻访了十几位当事人。经各方求证，歪楼，只是个谣传。

4年后，2007年11月，这幢高211.42米的大楼正式全面启用。

这幢楼之所以当年那么受关注，和它"浙江第一高楼"的身份分不开。

杭州的楼，是从20世纪80年代才开始"长高"的。

杭州第一座超百米的高楼是1988年建成的杭州大厦，这座103.6米高的大楼，当时带着一股时尚风，吹开了这座城向上生长的空间。

进入21世纪，杭州像一个拔节生长的少年，不断触碰更高的天际线。

今天，杭州第一高楼是杭州世纪中心——"杭州之门"。310米的它正和20年前的第一高楼杭州电信大厦隔江遥望。

再过5年，2028年，在杭州城西，一把399.8米高的"金钥匙"将取代"杭州之门"，再一次改写杭州的高度。

但杭州并没有为了"长高"而冷落西湖。这些年来，为了保护西湖景观，与之相关的每一幢高层建筑，都要基于"三面云山一面城"的景观格局，经过景观分析论证、综合评估后再决定项目的批复与否。

在西湖边望一望，新老城区间就发生了这样奇妙的连接。

从2003年的211.42米，到现在的310米，这是"杭州第一高楼"的高度变迁，也是20年间杭州的生长速度。

杭州在不断"长高"。

但显然，100米的成长高度并不足以代表杭州的20年。因为高楼是硬朗的，城市是饱满的，生活在高楼里的笑脸，才是这座城的底色和高楼存在的意义；兼容并蓄、和谐共生，才是一座城不竭发展的内生动力。

梳理20年杭州"长高"的过程，我们发现，温润如玉的西湖、大潮奔涌的钱塘江，在20年间一点点从疏离到靠近。

这样的连接很奇妙，这样的未来，也很令人期待。

潮新闻

记 者 陈 欣

2023 年 7 月 12 日刊发

扫码观看

"老姜"的由来

7月10日,一个特殊而重要的历史时点。

杭州市余杭区在北京招引人才,高朋满座,大咖云集。学者、嘉宾纷纷为余杭代言推荐。

回望20年前,在五常、闲林一带,老百姓"穷则思变",炸山开矿,挖石办厂,"石头经济"盛行,使得国道旁尘土飞

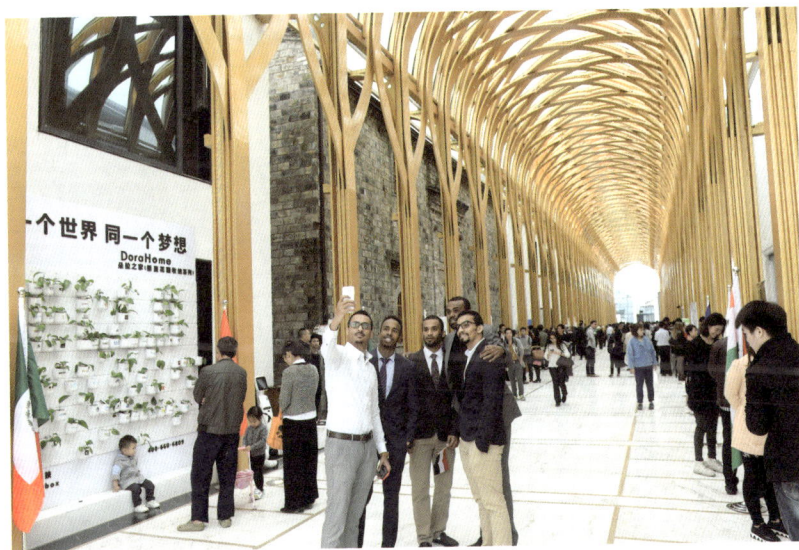

▲ 2016年10月,余杭梦想小镇创业大街亮相,吸引了来自全球的互联网创新企业和人才(吴元峰 董旭明 摄)

扬、居民蓬头垢面，以"闲居林下"而名的闲林镇早已失去了昔日的闲适与优雅。

"811"环境污染整治开始，发展方式的转变势在必行。人才是发展的关键，近在咫尺的浙江大学是余杭区吸引人才的重要策源地。当时浙大迫切希望余杭区能提供人才用房建设用地，余杭区就这么愉快地答应了，乃至于当时浙大负责人见到我时亲切地唤我"老姜"，40来岁的我也愉快地应承了这个特别的称谓。

吸引人才当然需要交通配套等硬环境，也需要政府服务等软环境，更为重要的是能为人才搭建平台、提供机会，让人才有足够的成长空间。而这些，余杭区显然准备好了。

在7月10日的推介会上，余杭区自信满满，他们说："来余杭，见未来。"

我信。

"浙江第一区"余杭，为何要到北京招引人才？

2023年7月11日发布

潮友互动

@枕山忧
去北京招揽人才，显示了余杭的格局和实力，加油！

@春意渐浓
余杭的崛起，是抓住了数字经济发展的"黄金十年"，抢占了互联网红利的先发优势。杭州争当"数字经济第一城"，余杭也在努力成为"数字经济第一区"。

潮文摘要

"浙江第一区"余杭，为何要到北京招引人才？

7月10日下午，杭州市余杭区人才发展推介会在北京举行。会上，余杭区向全球发出邀约："来余杭，见未来。"

去年8月，杭州在新一轮国土空间规划中提出，余杭作为科创中心，与武林和湖滨、钱江新城并列为杭州城市新中心。

跻身"C位"，余杭正以昂扬姿态全力开启打造城市重要新中心的新征程。

过去十年，余杭的崛起，是抓住了数字经济发展的"黄金十年"，抢到了互联网红利的先发优势。

余杭在今年第一季度以712.41亿元的GDP，重回"浙江第一区"。

重回之路上，最重要的推手，便是数字经济。在余杭的GDP中，数字经济核心产业增加值占比超过六成。2022年，余杭数字经济核心产业增加值1698.7亿元，占GDP的比重达到64.1%；今年第一季度，其增速更达8.5%。

"余杭要开启下一个'黄金十年'，必须坚定不移推动数字经济向前沿、硬核领域迭代，抢占竞争制高点。"推介会上，余杭区委常委、组织部部长张立表示，"与传统产业不同，数字经济比拼的就是人才，而且是高层次人才。"

围绕数字产业发展，余杭也定下了两个千亿级的"小目标"：打造千亿级人工智能产业链，打造千亿级智能计算产业链。与此同时，余杭探索发力的触角也延伸到生物医药、新材料、高端装备制造业等领域，以数字经济、制造业"双擎"驱动经济高质量发展。

"余杭是'浙江第一区'，2023年GDP力争超3000亿元。"张立说，"此刻的余杭，比任何时候更渴望人才，更能成就人才。'你负责茁壮成长，我负责阳光雨露'，是我们的不变承诺。"

潮新闻

记 者 沈爱群 刘晨茵 俞雪妍 张纯纯

2023年7月10日刊发

扫码观看

我爱杭州

2023年6月15日，杭州开始亚运会开幕100天倒计时。6月13日，杭州"外卖小哥"彭清林从12米高的西兴大桥一跃而下，跳出了"最美涟漪"。

从"最美妈妈"吴菊萍的惊人一托、"最美爸爸"黄小荣的纵身一跳，到"最美司机"吴斌的安全一刹……为什么这么多的"最美"都集聚在杭州？我想起了一段往事：很多年以前，杭州一家电视台做了个测试，到马路上去撬窨井盖，看有没有人会站出来制止。一位名叫马云的青年骑车来回绕了好几圈，找不到警察，就指着他们大声喊："给我抬回去！"掷地有声的喊话或许就是这座城市的文化根基。

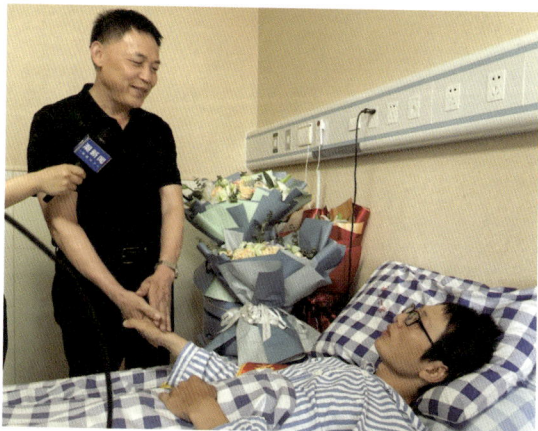

▲ 2023年6月16日下午，"最美爸爸"黄小荣到医院看望彭清林（章然 摄）

当"最美"事件出现，市民群众、新闻媒体、政府部门等传颂、点赞、表彰，很快放大了"最美"的声量，形成了"最美"的大磁场。说"最美"，自然是杭州。

客观地讲，"最美"的形成，也是个累积、蓄势的过程。从"最美"的个体，到"最美"的风景，也不是短时间内可以养成的，它需要久久为功、长期坚持。在这里，没有旁观者，没有评论家，我们都是那个"最美"风景里的一分子。

"你喜欢杭州吗?"

喜欢，当然喜欢，我爱杭州!

潮声 | "外卖小哥"的纵身一跃，一座城市的"最美"基因

2023年6月16日发布

潮友互动

@海曙金谷

社会离不开"正能量"事迹! 精神食粮会滋养出更多"正能量"，让"正能量"布满社会各个角落。

@小雨 cherry

平凡的"小哥"可以做出不平凡的壮举，生活中的我们要用自己的每一点爱心、善心，去做一点力所能及的事情，为这座"最美"城市增添一点鲜艳色彩。

@将心比心换真心

不是总有机会一跃而下去救人的。也许我们只需要帮后面的人留一下电梯，为老人让个座……就能让"最美现象"扩散开去。帮人者，人恒帮之。

潮声丨"外卖小哥"的纵身一跃，一座城市的"最美"基因

6月13日，"外卖小哥"彭清林接单途径西兴大桥时，见江中有落水女子。电光火石间，他停下脚步，翻过栏杆，从12米高的桥上跃入江中。救起落水女子后，他并未停留，游回江岸继续送单。直到第二天因疼痛住院，他才知道那奋力一跃的冲击如此巨大，造成胸椎压缩性骨折。

网络上，彭清林因为此次善举被冠以"最美外卖小哥"之称，连同此前"最美妈妈"吴菊萍、"最美司机"吴斌、"最美爸爸"黄小荣……一起镌刻在城市的"最美"记忆里。"最美现象"发源地杭州，不仅有频繁涌现的凡人英雄，还有表达城市温暖、善意的"礼让斑马线"等，"最美"已经成为"人间天堂"的内生基因。

从老家湖南张家界的高中毕业后，彭清林去过广东、温州，辗转打工、送外卖。去年过年后，彭清林选择来到杭州，这是他第二次到杭州。

"我2016年骑自行车环游时，第一次来到杭州。当时我骑行到斑马线前，突然私家车、公交车都齐刷刷地停了下来，把我整懵了。你知道吗，那里没有红绿灯，车就这样自动停下来让我先过去。"回忆这段经历，彭清林感觉有些"受宠若惊"。

在这座城市，"最美现象"显而易见、具体可感。比如，吴菊萍的那双手，成为大型雕塑"妈妈的手"，矗立在市民广场；比如，吴山广场的"最美杭州人"光荣墙，每年都在增添新的名字。

从10年之前，2013年开始，杭州年年举行"最美人物"、平民英雄、道德模范等一系列评选活动。他们中有人灿若星辰，令人高山仰止，但更多人是普通市民，就像平凡的你我。

潮新闻

记 者 黄小星 谢春晖

2023年6月16日刊发

扫码观看

篇章三

政务漫谈

民营企业家需要"定心丸"

观 潮

民营经济的地位，是自社会主义市场经济体制建立起就明确了的，虽然一开始它只是起"补充"作用，但之后就成了社会主义市场经济的"重要组成部分"。

民营企业家对自己的身份很看重，也会经常感到不踏实。

"两个毫不动摇"已被写入宪法，但他们还是希望最高层时

▲ 2023年5月12日，"在湖州看见美丽中国"投资合作洽谈会召开
（张剑　摄）

不时地强调一下这一点，让他们吃个所谓的"定心丸"，原因何在呢？

往大里说，是法治建设还未尽善尽美，比如依法行政仍不到位。直观地看，在对政商关系的把握上，"亲"而不"清"，肯定会出问题；"清"而不"亲"，也不可取。

湖州打造"企业最有感"的营商环境，颇有看点。这块投资创业的"新热土"最近收获颇丰。

涌金楼 | 长三角的"小个子"为啥能引来近百个大项目

2023年5月13日发布

潮友互动

@似水年华

打通"企业最有感"的便捷通道，使政府能够切实全面地了解与掌握企业的好感与痛感，甚至下决心解决一批痛感问题。总之，要把"最有感"的口号变成实实在在的行动，这对提升企业信心、提高政府公信力大有裨益。另外，或许可以把它作为扎实推进营商环境优化提升"一号改革工程"的一个切入口！

@潮客_s6n5hg

今天的湖州像一块磁石，吸引着海内外的优秀企业家。这座有着2300年历史的江南古城，正在以惊人的速度奔跑。相信湖州会成为长三角中的一匹"黑马"。

@5楼彦祖

除了产业集聚效应持续释放，越来越多的高质量项目选择与湖州"牵手"，这与这座城市的招商引资打法不无关联。蓄势蝶变的湖州，未来已来！实干争先的湖州，未来可期！

涌金楼｜长三角的"小个子"为啥能引来近百个大项目

湖州大手笔签下近百个大项目。

5月12日，"在湖州看见美丽中国"投资合作洽谈会上，96个总投资额1143亿元的项目签约，这也是湖州近年来规模最大、总投资额最多的一次集中签约活动。身处长三角腹地、面对激烈的区域竞争，湖州正发力招商引才、项目建设，在新一轮发展机遇期争夺先机。

近百个项目，大多在浙江省重点培育的"415X"先进制造业集群之列，抢占前沿优势赛道；还涉及现代服务业、农业项目和人才类、科技类项目，并且与研究机构、金融机构"牵手"金融类、平台类合作事项。

从单纯地引进资金、项目，转向综合引进资金、人才、技术和管理，从"大不大"向"高不高"转变，"湖洽会"为的是真正招引高端项目、优质人才和新兴技术，在未来形成有核心竞争力、有可持续性的产业生态。

湖州对招商引才的重视源于审时度势的思考。

放眼外部环境——当前新一轮科技革命和产业变革加速到来，调整和变革同时意味着机遇和风口。然而，与长三角周边"万亿俱乐部"城市相比，湖州依然是"小个子"。

着眼自身优势——湖州具备绿色低碳、城乡均衡的发展特质，在长三角区域内存在"价值高地、价格洼地"的比较优势。

去年5月，一场观念和机制的变革在湖州酝酿。经过一年的摸索实践，两项招商引资（智）的核心机制被明确下来。一是八大新兴产业链"链长主建"。围绕新能源汽车、物流装备、半导体及光电等八大新兴产业链，湖州"按图索骥"进行项目招引。二是市、县招商引资"平台主战"。近年来，湖州已经构建了"2+8"平台，组建了专业化的招商队伍，总数超1000人的队伍常年在外奔忙"牵线"。

投资合作洽谈会现场，由企业家、金融机构负责人、学界专家等组成的

"城市合伙人"代表，共同启动"城市合伙人"合作仪式。湖州始终把民营企业家的呼声作为第一信号，以永不知足的精神打造"企业最有感"的营商环境。

潮新闻

记 者　胡静漪

2023年5月12日刊发

扫码观看

寻找"电梯难题"最优解

观潮

老旧小区加装电梯，对于居住于此又处较高楼层的老年人来说，是件期盼已久的大好事，也是件说来话长的大难事。且不说选址立项、资金分摊等方面的问题多多，仅协调楼上、楼下住户的不同诉求就是一个很大的问题。

杭州市多年前就力推既有住宅加装电梯工作，并将其列入"民生实事"清单。但刚开始时，主要因为住户们往往不能达成完全一致的意见，这件民生实事举步维艰，成了一件看上去很美却进展缓慢的难事。

2021年1月1日起施行的《中华人民共和国民法典》为加装电梯带来了新契机，规定"不动产的相邻权利人应当按照有利生产、方便生活、团结互助、公平合理的原则，正确处理相邻关系"，这意味着相邻权利人关于共同决定事项的表决门

▲ 杭州美政花苑小区部分居民楼加装电梯（董旭明 摄）

槛有了适当降低的可能。

杭州市也于2021年1月出台了全国首个有关加装电梯的政府规章，老旧小区加装电梯有了可操作的规范，高楼层住户加装电梯的诉求有望实现。但与此同时，底层住户的权益能否得到尊重与保障呢？会不会出现"电车难题"中为了大多数人利益而牺牲少数人利益的情况呢？

搭建调解会、听证会等沟通交流平台异常重要，对加装电梯后底层住户在采光、通风、噪音等方面的顾虑必须予以尊重，并在选址、设计等过程中准备优化解决方案。按照须三分之二以上的住户参加投票，其中四分之三以上的住户同意的原则进行简单计算，一个单元半数住户同意即可加装电梯。但加装电梯绝对不是一道算术题，而是需要沟通邻里的选择题，是基层治理的法治题，更是中国式现代化的必答题。

潮声 | 半数同意，就可加装电梯？

2023年7月5日发布

潮友互动

@秋叶 Autumn
　　我觉得是不是可以这样：一楼的住户不用出钱，还能获得一定补助，楼层越高的住户出钱比例越大。这样是不是大家的积极性会高一点？

@潮客 _ 2dad4w
　　互相理解，凡事都可以成就。

@潮客 _ wizie4
　　平衡各方利益，把好事办实，把实事办好。

潮声 | 半数同意，就可加装电梯？

老小区加装电梯是一个全国性难题。我们在关注到浙江省金华市印发新的《金华市既有住宅加装电梯工作实施意见》这一消息后，结合在加装电梯工作中集中爆发的门槛高、程序复杂、争议大、矛盾多发、资金少、压力较大等突出问题，采访了杭州、绍兴、金华等多地政府部门、多位专业律师以及多名社区工作者、群众，展开深入探讨分析。

文章从核心问题"单刀直入"，以"一个单元12户可能只需8户投票、6户同意"这一简单直白的语言，介绍了《中华人民共和国民法典》相关规定适当降低加装电梯的表决门槛这一重要改变，并请金华市城市有机更新和房屋征收指导中心政策法规科科长、浙江锦丰律师事务所律师等专业人员进行解读，同时引用了中国裁判文书网上的相关案例，向读者准确传达了相关新规的核心要义。

文章全面呈现各方关切，有业主反对加装电梯的各种理由，有群众对新规落地可能遇到的阻碍的担心，也有社区干部从基层治理一线长远考虑的顾虑，并从"高楼层用户给低楼层补偿""不应该给补偿，否则更不便于邻里团结"等正、反两个层面来介绍其他地方创新的解决办法，让各种观点相互碰撞、相互启发。

文章精心挑选典型。老小区加装电梯真的是一个难以解决的问题吗？我们通过浙江省住房和城乡建设厅等权威渠道，了解到"杭州临平梅堰小区加装100部电梯，但所有低楼层用户没有问楼上业主要一分钱补偿"等典型，并对其进行报道、分析，给了相关单位、社区以及基层工作者、群众重要参考。

潮新闻

记 者 金春华 拜喆喆 朱浙萍

2023年7月5日刊发

扫码观看

运河的新生

谋划30多年的京杭运河杭州段二通道通航了。

建设二通道首先是出于提升运河运力的考虑。此前，运河杭州市区段仅能通过500吨的内河船舶，早已满足不了日益增长的通航需求，且受制于桥梁、船闸、文保等因素，无法在原航道上进行改造升级。

与此相关，杭州也一直有以运河为基础，打造比肩法国塞

▲ 夜晚的运河两畔流光溢彩（董旭明　摄）

纳河、德国莱茵河的城市景观带的设想。提出这一设想的时候，运河杭州段还是杭州城北工业区的污水排放地。当时对于往返于苏州与杭州的客运船，更有"臭气到，杭州到"的直白描述。

通过关停污染企业、在沿岸截污纳管，运河的水质慢慢变好了。货船也是运河上的一道风景，货船的航行对运河堤坝的稳固性、航行的安全性等提出了更高的要求。开辟运河二通道方为治本之策。

虽然京杭运河杭州段二通道不到30公里，但从30年前规划，到2016年开工建设，难题始终相伴左右：横跨多个行政区的征迁工作如何协调，200多亿元建设资金如何筹措，万亩农保指标问题如何解决，如何保护好工程建设过程中触碰到的文化遗存，如何减少对二通道两岸居民生活的影响？

美好蓝图在一任接着一任干中实现了。京杭大运河杭州段再次焕发出勃勃生机与活力，传统与现代交相辉映的杭州运河风景旅游线已经展现出无比美好的前景。

潮声视频｜古河新运　京杭运河杭州段二通道华丽亮相

2023年7月18日发布

潮友互动

@潮客_3nfyh6

这也是对杭州城市形象的一次提升，将进一步提高杭州的知名度和吸引力。

@初凉的初夏夜晚

京杭运河杭州段二通道的开通，将大大提升运河的通航能力，促进区域内的经济发展，提升物流运输效率，为沿线企业和地方带来更多的商机和收益。

潮声视频｜古河新运　京杭运河杭州段二通道华丽亮相

7月18日上午，随着16艘船舶汽笛齐鸣，八堡船闸南、北两侧闸门缓缓打开，两个闸室的船舶分别驶向钱塘江和内河，标志着京杭运河杭州段二通道通航。

这是浙江省建设现代化内河航运体系示范省的最新动作。今后，千吨级船舶可直达杭州进入钱塘江，浙北、浙东及浙中西部的航道完全贯通成高等级内河水运网，这条奔涌千年的黄金水道迎来华丽复兴。

京杭大运河作为世界上里程最长、工程最大的古运河，是国家高等级航道网"四纵四横两网"的重要组成部分，也是唯一一条贯穿我国南北的水运主通道，是国家综合立体交通网规划蓝图中内河航道发展的主骨架，是未来区域经济持续发展的重要支撑。

京杭运河杭州段在区域经济可持续发展中发挥了极其重要的作用。但随着杭甬运河全线通航、富春江船闸改扩建和钱塘江中上游航道的开发，京杭运河杭州段的运量大幅增加，同时受桥梁、船闸、地形、两岸道路及建筑等诸多因素制约，京杭运河杭州段已无法满足日益增长的通航需求，且已无法改造升级。经国家发展改革委研究决定，开辟一条新的高等级运河航道——运河二通道。

运河二通道是京杭运河浙江段三级航道整治工程的核心部分，全长约26.4公里，其中新开挖航道段约23.4公里，八堡船闸段约3公里。二通道的起点位于杭州市临平区博陆，往南沿杭州临平与嘉兴桐乡边界，穿过杭州城东，通过八堡船闸与钱塘江相连。

潮新闻

记　者　陈　薇　吴　煌
通讯员　王小钰　李　清
2023年7月18日刊发

扫码观看

小村治理的锦囊妙计

观 潮

后陈村是浙江武义县的一个规模中等的村，距离杭金衢高速武义出口约5公里，因诞生了新中国第一个村务监督委员会而蜚声全国。

后陈在"农业学大寨"时期就是"红旗村"，也是那个年代的"先进村"。20世纪90年代后期开始，随着城市化进程的推

▲ 村务监督委员会发源地——浙江省金华市武义县白洋街道后陈村
（吴丁宁 摄）

进、工业园区的开发建设，征地拆迁等使村里可支配资金大幅增加。由于当时村里的重大决策不公开、财务管理不透明，村民对村干部的信任危机日益严重，干群关系严重对立，村民上访不断，后陈村成了"问题村"。

街道联村干部胡文法担任村支书后，抓住村民对现任村"两委"不信任这个症结，设计了村务监督委员会的构想，并得到上级党委的支持，试行以后效果良好。之后近20年来，后陈村虽历经数届村级组织换届、数千万元资金使用，但创造了村干部零违纪、村民零上访、工程零投诉、不合规支出零入账的"四零"纪录，后陈的"治村之计"也逐步得到推广。

"后陈经验"讲的是村务监督，但监督并不是基层治理的全部。我们不妨回望一下后陈村求变的初衷。按照《中华人民共和国村民委员会组织法》的规定，村民委员会由村民选举产生，并对村民负责。但为什么村民会对自己选举出来的村委会不信任，继而对本应在村级基层治理中发挥领导核心作用的党组织丧失信心呢？主要原因是村"两委"在日常工作、重大决策中缺乏有效的、让村民信赖的监督，村务监督委员会正好弥补了这一不足。

那么，有了村务监督委员会是不是就万事大吉了呢？也不是。纪检部门曾经查处过一个村的贪腐窝案，其中该村村务监督委员会主任就涉嫌违法。问题来了，村务监督委员会主任该具备怎样的素质？如何加强对监督者的监督？如何发挥村级党组织在基层治理中的重要作用？这些都需要引起我们深入思考。

政已阅｜浙江这个村干了件大事，至今影响全国！

2023年6月19日发布

潮友互动

武义县委组织部干部@熟溪流水

符合历史潮流的重大改革创新，都源自基层的需求和群众的创造。"后陈经验"架起了党群干群的沟通桥梁，是促进农村和谐稳定的宝贵样本。武义在传承、弘扬、践行"后陈经验"的道路上一步步向前，基层党员干部、群众主动破题创新，打造"邻舍家"民主议事平台、建立群众监督员队伍。"后陈经验"在全过程人民民主基层实践的厚重土壤中不断开花结果。

@天使之翼的羽毛

"后陈经验"的探索和积累告诉我们，基层民主并不简单，而是鲜活的、实在的。

@潮客_3drkhz

通过发挥群众的能动性，后陈村管住了村里的人、财、事。做人民的公仆，俯身倾听人民的需要，为浙江农村的未来继续努力。

@独坐愁城为一人

权力受到约束、村务全面公开、群众有效监督、自我能够纠偏，探索出一条符合本地实情的民主监督道路。

潮文摘要

政已阅丨浙江这个村干了件大事，至今影响全国！

6月16日至17日，一场激发思想和学术碰撞的理论研讨会在金华武义召开。

会议围绕着一个主题——"后陈经验"。这原本是10多年前武义后陈村的一项民主监督实践。2005年6月17日，时任浙江省委书记习近平到后陈村调研时指出，这一基层民主创新"是积极的，有意义的，符合基层民主管理的大方向",并将其亲自总结提炼为"后陈经验"。

此后,"后陈经验"从点上工作到面上举措再到形成制度体系,从武义破题到全省实践再到全国推广,成长为全过程人民民主基层实践的鲜活样本。

村监会,就是一个与村"两委"不存在隶属关系的机构,负责开展村务公开和民主管理的监督工作。2004年6月18日,后陈村通过村民代表会议,选举产生了全国第一个村监会。村里的每件事怎么办、每笔钱如何花,都要由村监会监督。

这个做法收获了奇效,也引起了习近平同志的高度重视。据相关公开报道,习近平同志曾先后作出8次重要批示指示,指引"后陈经验"深化完善。

这颗萌芽于浙江一个村的种子,在全国落地生根。如今,村监会制度已在全国各地69万多个行政村推广落实,通过发挥群众的能动性,管住了村里的人、财、事。

时间走过19年,"后陈经验"为何能历久弥新?

研讨会上,武义县委书记帅朝晖的话或许能解答:"后陈经验"的核心本质是权力受到约束和监督。无论时代怎么变化,它始终坚持在党的全面领导下践行群众路线,有效规范和保障了村级公权力的运行。

村监会的作用不止于拓宽村民参与民主监督的途径。这些年,许多地方也通过村监会,实现了民主选举、民主协商、民主决策、民主管理等各环节的配套完善、同步推进。

潮新闻

记 者 钱 祎 宋哲源

2023年6月18日刊发

扫码观看

省委书记与 97 枚印章的故事

观潮

2006年新春伊始，时任浙江省委书记习近平收到一封来自浦江西部、盖有97个村民委员会鲜红印章、代表20多万村民心意的感谢信。

村民们要感谢的是，三年前，习近平书记把浦江作为领导干部下访的第一站，现场拍板了要解决群众反映强烈的20省道浦江段路面窄、路况差、标准低的问题。

2005年10月，20省道浦江段改造工程顺利完工，昔日崎岖不平的盘山公路变成了平坦宽敞的"小康之路"。

▲ 《浙江日报》2006年1月25日头版头条报道《省委书记与97个印章》

 易炼红：以信访工作高质量高水平推动党的群众工作高质量高水平

2023年5月12日发布

潮友互动

浦江县杭坪镇干部@月夜翱翔

现在，我们浦江人都还亲切地称210省道为"近平路"。210省道就是名副其实的"共富路"，通过这条路，浦江西北部山区的农产品得以销往全国，全国的游客能够到浦江乡村旅游"打卡"。沿线乡村因"千万工程"风景美如画，既让游客有了好心情，又富了村民的"钱袋子"。领导干部下访接访，在我们看来，就是要以人民为中心，努力去解决群众"急难愁盼"问题。

@墨染春风

信访工作极其重要。它收集民众的诉求，解决民众的困难，纾解社会的矛盾。要把信访工作做扎实。

@杰拉多尼

听民意、解民忧，信访是沟通百姓和政府的渠道，应该成为连心桥、便通桥。

潮文摘要

易炼红：以信访工作高质量高水平
推动党的群众工作高质量高水平

5月11日，省委书记易炼红赴宁波市鄞州区接待群众来访，并在杭州看望省人民来访（联合）接待中心信访干部，强调要认真贯彻习近平总书记关于加强和改进人民信访工作的重要讲话精神，结合开展学习贯彻习近平新时代中国特色社会主义思想主题教育，深入贯彻落实《信访工作条例》和全国信访工作会议精神，做细做实做好送上门来的群众工作，实施全域动态化解信访积案，全力营造维护信访秩序，不断完善一体化工作格局，不断提升信访工作质效，以信访工作之为守护浙江之安、信访工作之进助力浙江之治，努力开创浙江信访工作新局面。

在鄞州区东钱湖镇高钱村村委会，易炼红书记面对面接待当地群众，听取他们反映学校周边交通堵塞、出行不便问题。易炼红书记认真倾听诉求，并与省直有关部门、宁波市与鄞州区负责人现场商定解决方案，给予明确回复。易炼红书记说，习近平总书记高度重视信访工作，在浙江工作期间亲赴浦江，开创省级领导干部下访接访的先河。我们要传承好发扬好习近平总书记留下的好理念好传统好机制，聚焦群众"急难愁盼"问题，千方百计解决群众的揪心事烦心事操心事，回应好群众关切，采取针对性措施满足群众出行需求，既着眼群众燃眉之急，加紧加快实施道路改造提升，又着眼长远整体谋划，提升整个区块功能品质和配套设施水平，让群众享受更加便捷更加舒适的人居环境。

随后，易炼红书记来到钱湖丽园社区党群服务中心，当面接待当地信访代办员，听取其反映有就业意愿的特殊群体的就业政策需要优化问题。易炼红书记认真倾听意见，现场与省直有关部门、宁波市与鄞州区负责人商量解决举措，耐心给予回复。易炼红书记说，就业是民生之本，全省各级党委、政府要千方百计为群众创造更多就业岗位、提供更有力帮扶支持，让广大群众有稳定的就业岗位和收入来源，不断提高生活水平和生活质量；要进一步优化调整相关政策，为有就业意愿和就业能力的群众特别是困难群众提供就业岗位。省级相关部门和地方要协同发力，进一步强化就业创业激励帮扶，进一步密切关注、动态保障困难家庭就业创业需求，做到能帮则帮、应帮尽帮。

在省人民来访（联合）接待中心看望慰问信访干部时，易炼红书记充分肯定全省信访工作成效。他指出，今年是"八八战略"实施20周年，是杭州亚运会、亚残运会举办之年，做好信访工作意义尤为重大。要提高政治站位，深刻认识信访工作是党的群众工作的重要组成部分，以信访工作高质量高水平推动党的群众工作高质量高水平，以实际行动坚定捍卫"两个确立"、坚决做到"两个维护"；要深刻认识信访是送上门来的群众工作，积极践行"全心全意为人民服务"根本宗旨，换位思考、将心比心，更加热情主动地把信访工作做到位；要带着感情、带着责任、带着办法做好信访工作，增强"时时放心不下"的责任感，坚持依法依规依政策，讲究方式方法，动之以情、晓之以理、告之以法，真心真情为信访群众办事，与时俱进用好大数据和数字化手段，畅通"网上信访"，更加精准把握群众诉求、提升工作质效。全省各地各部门要把信访工作摆在十分重要的位置，全面加强党对信访工作的领导，全面加强和改进信访工作，不断创新完善信访工作机制，进一步提升信访工作水平，让人民群众更加满意。各级党委、政府要一如既往地支持信访工作、关心信访干部，为做好新时代信访工作提供更强保障。

省委常委、宁波市委书记彭佳学在宁波陪同接访。

潮新闻

记 者　翁浩浩

2023 年 5 月 11 日刊发

扫码观看

县区如何"打擂台"

观 潮

县委书记工作交流会制度诞生于10年前的浙江。

当时浙江正在开展"五水共治""三改一拆"等攻坚工作,交流会也是擂台赛,体现了省委大抓基层的理念。"郡县治,天下安",此举极大地推动了全省环境面貌的改变。

县委书记要想发言,也并不容易,须经过多个部门层层审核、严格把关。

没发过言的县委书记压力更大,这一方面说明工作尚需努

▲ 县委书记的"擂台赛"(钟亦舒 绘)

力，另一方面会让县委书记觉得对不起一起拼搏的班子团队。

县与县之间你追我赶，蔚然成风。如今，兄弟省市相继召开类似的交流会，肇始于浙江的这项工作不至于"墙内开花墙外香"吧？

政已阅｜这个会议让县委书记感到压力　已从浙江走向全国

2023年4月28日发布　　　　　　　　　　　　　　　　　　　　••

潮友互动

@杰拉多尼

县域经济是中国经济的"晴雨表"，县域经济发展好了，才能真正实现共同富裕，让老百姓共享发展的红利。

@猪猪侠来也

县委书记工作交流会实行从省委书记到县委书记"一竿子插到底"，会上发言不穿靴戴帽，而是直面问题、分享经验。这是一个十分务实的会议。希望有更多的浙江好经验走向全国。

@潮汐濑汐

百姓需要的是昂扬不张扬、自豪不自满、务实不浮躁的干部。只有上行下效，才能实现干部敢为、地方敢闯、企业敢干、群众敢首创，搭建起施展才干的广阔舞台。

潮 文 摘 要

政已阅｜这个会议让县委书记感到压力　已从浙江走向全国

近段时间，一种"一竿子插到底"、力促县域经济提质、县域治理提效的会议形式，在全国各省流行开来。

4月14日，陕西省召开了县（市、区）委书记工作交流会。4月23日，重庆市召开了区（县）委书记和部门"一把手"工作例会。在更早些时候，云南、湖北等省份，也先后召开过类似会议。

上台交流发言的，是各个县（市、区）的党委书记；发言的主题，聚焦中央、省（市）委的中心工作；会议最后，都由省（市）委书记作点评。

这种形式的会议，浙江已经开了10年。2013年7月，浙江首次召开县（市、区）委书记工作会议。从此以后，这个会议每季度召开一次，成为县委书记们比业绩、比奉献、比担当的舞台。定期召开县（市、区）委书记工作交流会的制度，也成为浙江工作的一大品牌。

在这10年里，从"五水共治""三改一拆"、环境治理到创新驱动、转型升级，从勇夺发展"全年红"到构建新发展格局，从干部担当作为到推进数字化改革、共同富裕示范区建设……中央、省委的中心工作、重点工作都成为交流会的主题。

如今，从市到县、乡，从机关到高校、国企，"一把手"工作交流会机制已经成为浙江各级推进中心任务、重点工作的有力抓手，也让这种会议形式在全国产生了影响。

"书记说给书记听，不仅讲做了什么，更讲了是怎么做成的，很务实，很有借鉴意义，给我们带来新的思考。""这样的工作交流，更像是一堂堂案例教学课，让我们基层有了具体的学习目标。"很多参与过这种会议的县（市、区）委书记们曾这样表示。

县（市、区）委书记工作交流会彰显的是昂扬不张扬、自豪不自满、务实不浮躁的工作作风，也是更好促进干部敢为、地方敢闯、企业敢干、群众敢首创的精彩舞台。

潮新闻

记者 陆乐

2023年4月28日刊发

扫码观看

勇敢立潮头　永远立潮头

观　潮

今年4月，省委书记易炼红调研浙江日报报业集团时，在《企业家之歌》报道前驻足良久。

40年前，《浙江日报》记者带着"步鑫生是资本家还是企业家"的疑问，深入海盐衬衫厂进行深入调研采访，之后得出了"步鑫生是社会主义企业家"的结论，并撰写了这篇报告文学。

在得知海盐衬衫厂早已退出历史舞台的情况后，易炼红

▲ 2009年，海盐衬衫厂厂长步鑫生参加《浙江日报》60周年报庆活动（浙江日报报史馆　提供）

书记意味深长地说：看来我们不仅要勇敢立潮头，还要永远立潮头。

20年前，省委召开了十一届四次全会，作出了"八八战略"的重大部署。历届省委坚持一张蓝图绘到底，一任接着一任干，锲而不舍，久久为功，之江大地发生了翻天覆地的巨大变化。

20年后的今天（2023年7月10日），省委召开十五届三次全会，发出了坚定不移深入实施"八八战略"，奋力谱写共同富裕和中国式现代化浙江华章的号召。

新征程上，我们既要勇敢立潮头，也要永远立潮头。

干在实处　走在前列　勇立潮头　写在"八八战略"实施20周年之际

2023年7月10日发布

潮友互动

@在每一个清晨

"八八战略"实施20年，浙江的发展成就斐然。这离不开浙江人民的勤奋努力和领导者的英明决策，也是浙江奋斗精神和创新精神的体现。

@潮客_2rz3ht

希望"八八战略"能够为更多省份的现代化建设提供有益启示，让更多的地区能够在实践中总结经验、创新发展，为全国现代化建设贡献更多力量。

@潮客_gx4tog

"八八战略"实施20年，浙江儿女努力奋斗，砥砺前行，答卷亮丽。今天仍须同心同德，在共富路上高歌猛进！

干在实处　走在前列　勇立潮头
写在"八八战略"实施20周年之际

伟大擘画，指引奋进航程。

20年前，时任浙江省委书记习近平在经过深入调查研究和系统思考谋划后，为浙江量身制定了"八八战略"这一省域发展全面规划和顶层设计，并为浙江发展倾注了大量心血、汗水和智慧，指引浙江率先开启了省域现代化先行探索。

大道之行，壮阔无垠。

20年来，浙江坚定不移深入实施"八八战略"，坚持一张蓝图绘到底，一任接着一任干，推动之江大地发生了系统性、整体性的精彩蝶变，展现了富民强省、均衡发展、绿色发展、共治共享、勤廉奋进的生动图景。

20年来，浙江实现由资源小省向经济大省、由外贸大省向开放强省、由环境整治向美丽浙江、由总体小康向高水平全面小康的历史性跃升，"五位一体"和党的建设各领域全方位提升。

20年来，浙江的山更绿、水更清、天更蓝、地更净，城乡秀美、处处如画、步步见景，浙江人民的生活越来越美好，浙江发展的道路越走越宽广。

在"八八战略"实施20周年的新起点上，浙江将以习近平新时代中国特色社会主义思想为指引，持续推动"八八战略"走深走实，在推进共同富裕和中国式现代化建设中发挥示范引领作用，奋力打造新时代全面展示中国特色社会主义制度优越性的"重要窗口"。

潮新闻

记　者　裘一佼　陈佳莹

2023年7月10日刊发

扫码观看

人墙何以最美

观 潮

　　节假日西湖边的人流、车流远超想象，不身临其境，恐怕难以体会城市管理者的难处，志愿者的出现可视为一种对管理的补充。

　　行人、驾驶员遵章守规，管理者到位不缺位，志愿者文明劝导引导，如此，才能形成"最美人墙"。

▲　志愿者们在延安路和平海路交叉口开展志愿服务（黄玉环　俞刘东　盛锐　摄）

 辛苦背后引发城市管理思考　潮新闻记者加入"最美人墙"志愿者

2023年5月3日发布

💬 **潮友互动**

@猪猪侠来也

　　不能因为这是个笨办法就否定这是个有效的办法，甚至否定这么多志愿者的辛苦付出，否定"最美人墙"诞生的初衷。相信终有一日，社会文明水平、城市管理水平、科技发展水平会达到一定高度，到那时，"最美人墙"也就不再需要登场了。

@blacksheeeeepppp

　　很多志愿者都是年轻人，他们愿意做志愿服务，在假期为社会奉献一点力量，给这个城市带来一份美好，是很令人欣慰的事儿。在最繁忙的十字路口，有这样一群可爱的人们是多么有必要，他们疏导了交通，也提供了便利。

@潮客 jnwybcm456

　　"最美人墙"形成的初衷肯定是好的，大家付出那么多，肯定不会是作秀，我们应该大力点赞。只不过，如果8年来一直靠这种方式维护人流秩序，那么城市管理工作是需要反思的，是不是有更好的管理方式呢？

潮 文 摘 要

辛苦背后引发城市管理思考
潮新闻记者加入"最美人墙"志愿者

　　今年"五一"期间，杭州西湖边的"最美人墙"火了，在收获不少点赞的同时，也遭到一些质疑。

　　5月2日，潮新闻记者亲身体验，当了一回"最美人墙"志愿者，了解了他们的辛苦与付出，并邀请业内人士对"最美人墙"引发的关于城市治理的讨论，进行分析和解读。

下午2时30分，正是一天中最热的时候，潮新闻记者和其他志愿者一样，在现场签到，并戴上帽子、穿上统一的志愿者马甲。

下午2时50分左右，志愿者们整齐地排成两队，走向延安路和平海路交叉口。领队沈延冲将百人队分成4组，在延安路两侧各配置50名志愿者。路口红灯即将转绿灯时，4组人迅速变换位置，走向X型路口的内外两侧，争取在10秒内快速抵达指定地点并转身，形成X型人墙。

此时，行人开始陆续通行。志愿者们要一起大声提醒："请快速通过，不要逗留，尽量走斑马线。"

大约40秒后，绿灯转成红灯，几组人又从三角形顶角处快速形成一条直线，沿斑马线中间向两边延伸，将行人们"护送"到安全区域。

等待1分半钟左右，红灯再次转为绿灯，志愿者们开始新的循环。

几圈下来，烈日的暴晒下，大家已大汗淋漓。

对于网上一些质疑的声音，一位志愿者赖徐逸认为："这个X型路口刚设置不久，大家还不是很熟悉，我们志愿者进行引导，让大家规范出行，是有必要的。大家可能没到现场感受过，不知道具体情况是怎么样的，所以才会有很多不和谐的声音。"

据不完全统计，"最美人墙"使得延安路和平海路交叉口的拥堵指数下降10%—15%，行人通行时间减少10秒左右。在杭州市公安局交警支队湖滨中队副中队长韩玉枫看来，从6个人发展到现在的百来人，"最美人墙"已经成为交警最好的帮手之一，也是文明杭州的"金字招牌"。

潮新闻

记 者 黄玉环 俞刘东 盛 锐

2023年5月2日刊发

扫码观看

杭州南湖的"山峰"

观 潮

杭州南湖坐落于俗称"老余杭"的余杭镇，原来是一个滞洪区。随着西险大塘的不断加固，南湖丧失了滞洪的功能，成了杭州城西科创大走廊的核心地带。

5月4日，在这个洋溢青春的日子里，省委书记易炼红来到之江实验室，看望青年科技工作者，并勉励道：最美的青春恰逢最好的时代，最美的青春扎根最"潮"的浙江，最美的青春攀登最高的山峰。

▲ 杭州城西科创大走廊之未来科技城（董旭明 摄）

易炼红到之江实验室看望青年科研工作者代表：志存高远扎根浙江 绽放最美的青春风采

2023年5月4日发布

潮友互动

@潮汐濑汐

　　作为浙江青年的一员，我热血沸腾，誓要用最美的青春扎根最"潮"的浙江！

@blacksheeparound

　　青年大有作为，扎根浙江，攀登科学巅峰！青年科研工作者的力量不可小觑呀！

@今天我叫瓜子

　　青春力量遇到之江实验室，迸发出无限创造力！青春有我！

潮文摘要

易炼红到之江实验室看望青年科研工作者代表：
志存高远扎根浙江　绽放最美的青春风采

　　5月4日是"五四"青年节。在这个青春洋溢的日子，省委书记易炼红来到位于杭州市余杭区的之江实验室，看望青年科研工作者代表，一起学习贯彻习近平总书记给中国农业大学科技小院的学生回信精神，并向全省广大青年致以节日的祝贺。

　　之江实验室是省委、省政府深入实施创新驱动发展战略的重大科技创新平台，聚集了一大批优秀科研人才，其中35周岁以下的青年科研工作者占比近82%。上午9时20分许，之江实验室智能装备研究院会议室内，一场智能计算与未来装备青年创意设计大赛正火热进行。两侧墙上，"心系国家事　立下青年志　奋勇攀登科学高峰""奋进新征程　建功新时代　唱响壮丽青春之歌"的标语格外醒目。易炼红书记在现场观摩比赛，并参观星载计算机、人工肌肉项目设计产品展示，与参赛的青年科研工作者互动交流。易炼红书记指出，"五四"青年节到来之际，习近平总书记专门给中国农业大学科技小院的学生回信，向全国广大青年致以节日的祝贺，对广大青年朋友寄予殷切期望。这充分体现了习近平总书记和党中央对青年工作的高度重视，对新时代中国青年的关心厚爱。易炼红书记勉励在场的青年科研工作者说，最美的青春恰逢最好的时代，更要心有大我、志存高远，展示强大的创新创造能力，为早日实现高水平科技自立自强作出青春贡献；最美的青春扎根最"潮"的浙江，更要肩扛使命、勇立潮头，自觉投身浙江深入实施"八八战略"的实践，强力推进创新深化改革攻坚开放提升的火热实践，既立足浙江，又放眼全国全球，做到勇敢立潮头、永远立潮头；最美的青春攀登最高的山峰，更要脚踏实地、矢志奋斗，勇攀科技最高峰，瞄准关键核心技术，甘于坐冷板凳，潜心钻研、独立思考，通过一步一个脚印的基础研究把创新活动引向深入。

随后，易炼红书记来到之江实验室智能机器人研究中心，观看人形机器人动作演示，观摩人形机器人发展思辨会，听取科研工作者围绕人形机器人发展主题展开的探讨，并与现场的青年科研工作者进行交流。易炼红书记希望，全省广大青年深刻领会习近平总书记关于青年工作的重要讲话精神，主动把个人奋斗融入以中国式现代化全面推进中华民族伟大复兴的大场景中去，特别是结合新时代10年伟大变革、"八八战略"实施20年来精彩蝶变，坚定听党话、跟党走的人生追求，争当伟大理想的追梦人，争做伟大事业的生力军，以实际行动坚定捍卫"两个确立"、坚决做到"两个维护"，唱响"强国有我"的时代强音，书写"创新看我"的精彩华章，展现"成事在我"的实干姿态，锻造"超越自我"的过硬本领，不断提升自我、完善自我、强大自我，创造无愧于新时代的奇迹。全省各级党委、政府要为广大青年成长成才、创新创业提供条件、支撑和保障，全省各级共青团组织要充分发挥桥梁纽带作用，团结带领广大青年奋发进取、建功立业。

省委常委、秘书长陈奕君参加看望。

潮新闻

记　者　翁浩浩

2023年5月4日刊发

扫码观看

"传统"的另一面

观 潮

"传统"这个词，挺有意思。

比如说传统文化，那是需要传承、弘扬的宝贵财富。但如果把"传统"与产业、行业放在一起，它似乎就是落后、落伍的代名词。比如说传统媒体，基本上是日薄西山了。又比如说传统产业，那似乎是看不到前景的，需要脱胎换骨、舍旧谋新。

中央财经委员会会议深刻地指出，传统产业不能当成"低

▲ 传统不等于低端（张恬怡 绘）

端产业"简单退出。这把握了经济发展的基本规律。

对产业的判断，不能只观其形，还得察其内生潜力与动力，毕竟没有所谓的夕阳产业，只有衰败的企业。

涌金楼｜"传统产业≠低端产业"，新一届中央财经委首会明确

2023年5月7日发布

潮友互动

@smallpumpkin
从来没说传统产业就是低端产业，关键在于用新技术来改造传统产业，为传统产业注入高新技术的血液。

@BZZW
传统产业提质升级，与人工智能、大数据等前沿科技相结合，体现时代感。

潮文摘要

涌金楼｜"传统产业≠低端产业"，新一届中央财经委首会明确

5月5日下午，二十届中央财经委员会首次亮相。

做好经济工作，是我们党治国理政的重大任务。中央财经委员会的职责是负责相关领域重大工作的顶层设计、总体布局、统筹协调、整体推进、督促落实。

在新一届中央财经委员会的首次会议上，中共中央总书记、国家主席、中央军委主席、中央财经委员会主任习近平强调，加快建设以实体经济为支撑的现代化产业体系，以人口高质量发展支撑中国式现代化。

其中有一句话非常重要——坚持推动传统产业转型升级，不能当成"低端产业"简单退出。

"传统产业≠低端产业"，在传统制造业占实体经济半壁江山的浙江，早已是深入人心的共识，更是实践中一直秉持的理念。

可以说，从资源小省发展成为工业大省，浙江的发展离不开传统制造业的勃发。它奠定了今天浙江工业的基础，也正是这份厚实的"家底"，为浙江经济发展打下了坚实的基础。

也正因如此，从省情现实考虑，在未来相当长一段时间里，对浙江经济起重要支撑作用的仍是传统制造业。

事实上，在浙江工作期间，时任省委书记习近平曾在多种场合论及传统产业的发展。比如，2003年6月24日的全省工业大会上，他谈道，目前，浙江传统产业具有良好的发展基础和比较优势，今后仍然有广阔的市场和发展空间，在较长时期内仍将是支撑制造业增长的主体。

同时，他也提道，浙江传统产业的发展水平还比较低，产品技术含量和附加值低等问题也非常突出。如果不加快改造提升，在日趋激烈的竞争中，原有优势可能弱化，生存空间可能越来越窄，甚至陷入困境。

在明确的指引下，浙江持续不断推动传统制造业改造提升。从机器换人，到智能制造改造提升，再到数字化改造，浙江从未停下升级传统制造业的步伐。

潮新闻

记 者 夏丹

2023年5月6日刊发

扫码观看

拉动消费是个技术活

观 潮

在拉动经济的投资、消费、出口这三驾马车中，现在民间投资乏力，出口波动太大，而消费领域似乎是片蓝海。

所谓的"假日经济"应运而生，黄金周就是

▲ 这钱该花还是不该花?（钟亦舒 绘）

其中一例，被用来刺激消费、拉动内需。但要让百姓心甘情愿地花钱消费并不容易，这也不是出台几个政策就能做到的，拉动消费是个技术活。

有句话说得好：努力实现人民群众对美好生活的向往，就是我们的奋斗目标。

潮声 | "鼓励消费"碰上"浪费可耻"，我们的钱还花不花?

2023年5月15日发布

潮友互动

@潮客_arbbhs

　　鼓励消费和节俭节约可以做到并行不悖，在粮食、能源等方面更侧重节俭节约，在其他相对不受资源数量限制的方面可以更多地侧重于鼓励消费。

@潮客_ayfah8

　　两个话题不矛盾，合理消费的同时杜绝浪费。我们提倡消费的同时不能忘记节约的美德。

@恬淡如镜

　　合理消费的范畴其实都是个人选择的结果，浪费可耻永远是真理，找到自己的平衡点就可以。

潮文摘要

潮声丨"鼓励消费"碰上"浪费可耻"，我们的钱还花不花？

今年，促消费和反浪费都很"热"。

勤俭节约，是刻在每一个中国人基因里的传统美德。

在官方层面，倡导节约的努力从未中断。比如，从2013年开始倡行"光盘行动"；针对食品浪费出台《中华人民共和国反食品浪费法》；针对餐饮浪费发布《饭店业信用等级评价规范》等8项国家标准；等等。

走出家门，"节约用水""节约用纸""节约粮食""节约用电"……这些相关的宣传标语也随处可见。

所以说，浪费可耻永远是颠扑不破的真理。

但与此同时，想方设法促进消费，正在成为当下各级政府的一项重点工作。

仅在餐饮领域，浙江就不仅组团到江西、湖南"取经"，还举行"味美浙江"餐饮消费欢乐季。4月下旬，欢乐季启动，并且进行了为期三天的首启展览。各地美食吸引了游客15.67万人次，实现了1600多万元的消费额。

"扩大消费与厉行节约的目的具有一致性。"中国社会科学院生态文明研究所副所长庄贵阳曾撰文表示，扩大消费有助于促进经济增长，而厉行节约的目的是让人们做到对有限资源的合理使用，并使其效用最大化。

当下，越来越多的消费者不再如之前那样盲目消费，而是以一种更加理性的方式，把每一分钱用到自己最想要花的地方。出去吃饭，吃多少点多少，把剩饭剩菜打包带回家，不论花费多少，都是消费；而把剩饭剩菜直接倒进垃圾桶，即使花费不多，也是浪费。

"消费"和"浪费"，仅一字之差，却大不相同。自己赚的钱自己花，是你我共同的权利；不浪费，更是我们共同的责任。

潮新闻

记 者 陆 乐 全琳珉

2023年5月15日刊发

扫码观看

先进制造业的浙江之问

说起工业与制造业，其指向是比较清晰的。

工业对应的是第二产业，谈制造业则更多地强调新型工业化的要求，《中国制造2025》大约也是在这个背景下提出来的。

曾有一段时间，工业制造业被"实体经济"这个概念所涵盖，这多少让人有些摸不着头脑。20年前习近平同志在浙江发

▲ 吉利极氪未来工厂（吕之遥 姚颖康 摄）

出的"如果我们不成为先进制造业基地，那么舍我其谁呢"的时代之问，
直面问题，直击要害，是多么具有现实指导意义。

涌金楼丨习近平同志20年前的发问，浙江这样答

2023年5月18日发布

潮友互动

@潮客_28uuh7

建设全球先进制造业基地，浙江有基础、有条件，也有优势。我很看好浙江发展，还有一个重要的原因是这里的人敢拼敢闯敢吃苦。

@潮客_aakshe

集聚一批配套企业、形成一条产业链、激活一个产业集群、优化一个区域产业结构。浙江制造业从"小打小闹"迈向了"高精尖"，"专精特新"企业遍及全省。

潮文摘要

涌金楼丨习近平同志20年前的发问，浙江这样答

5月18日，初夏时节，微风习习，浙江省人民大会堂里，全省加快建设全球先进制造业基地大会隆重召开。

时间闪回，20年前的2003年全省工业大会上，时任浙江省委书记习近平作出"建设先进制造业基地"的重要部署。

一样的主题，一样的坚持。

回忆往昔，20年前，习近平同志在浙江工作期间发出了"如果我们不成为先进制造业基地，那么舍我其谁呢"的时代之问，高瞻远瞩地作出"建设先进制造业基地"的重要部署，并将其纳入"八八战略"。

　　回望时代之问，有一点可以肯定的是，浙江上下，包括广大企业家，这些年来都在用心用情用力地回答20年前的发问。

　　站在20年后的今天这样一个重要的时间节点，建设先进制造业基地，浙江如何承前启后、谋划未来？

　　浙江省委书记易炼红这样定位制造业对于浙江的意义——大国竞争的"主战场"、"两个先行"的"主力军"、实施三个"一号工程"的"主阵地"、全力拼经济的"主攻点"。

　　当天会议上，我们注意到一个小细节：已经连续开了三年的全省制造业高质量发展大会，今年更名为"全省加快建设全球先进制造业基地大会"。

　　最主要的考量，就是更突出、更聚焦"建设先进制造业基地"。这一细节之变，有深思、有深意。今天的会议，可以说是对20年前提出"建设先进制造业基地"的正式呼应。

　　站在20年后的今天，在总结成绩的同时更要谋划未来。不难发现，一方面，历史有着惊人的相似，浙江制造仍要在克难攻坚中昂首前行；另一方面，时代确确实实变了，今天的浙江不仅仅是"建设先进制造业基地"，更是瞄准全球，加快建设全球先进制造业基地。

潮新闻

记　者　夏　丹

2023 年 5 月 18 日刊发

扫码观看

"壮士断腕"的另一层含义

观 潮

关于"壮士断腕"，我们可以说得风轻云淡，也可以讲得斩钉截铁。但是，当"壮士断腕"与具体的人和事结合起来的时候，它是一种锥心之痛。

2012年，富阳开始新一轮造纸业的关停整治。关停之难倒在其次，关键是富阳经济总量与财政收入的大幅下滑让人心焦，因为富阳经济的一大半是靠支柱产业造纸业撑起来的，整治的衍生影响还是超出了我们的预期。

▲ 治水需要"壮士断腕"的魄力（翁嘉怡 绘）

虽然新年伊始，四套班子主要领导就分别带队去外地招商引税、招商引资，但当年在全省90个县（区、市）中，唯独富阳的财政收入临近年底还是负增长。值得欣慰的是，富春江的水质当年达到了合格标准，并在三年后捧回浙江治水最高荣誉"大禹鼎"。

在钱塘江源头的衢江，环境整治的要求更高、压力更大。在环境保护与经济发展的"取""舍"之间，当地交出了一份生态省建设的亮丽答卷。

回望生态省建设之路：一江清水出衢城

2023年5月25日发布

💬 **潮友互动**

👤 **衢州市生态环境局干部@一叶扁舟**

作为一名在环保战线工作20多年的老环保人，我见证了衢江上下游水环境由差变好的过程。随着治理能力的提升，这几年，衢州连续九次夺得"大禹鼎"，治水群众满意度连续多年位居全省第一。天更蓝、水更清，老百姓的幸福指数也更高了。

👤 **@橘子orange**

水清景美、人水和谐……通过综合治理，衢江沿线的生态景观得到了显著改善。我们一家人吃完晚饭后，就喜欢去衢江边散散步，看看江景，吹吹风，很舒服。

👤 **@潮客_2bz7he**

一个城市的水环境，如同一个城市的脸面。很开心能看到衢州水环境由"脏"到"净"、从"清"向"美"的持续转变。

回望生态省建设之路：一江清水出衢城

钱塘江是浙江的母亲河，其南源是流经衢州的衢江。在浙江发起首轮"811"环境污染整治行动（"8"指的是浙江省八大水系，"11"既是指全省11个设区市，也指11个省级环保重点监管区）的第二年，即2005年9月5日，时任浙江省委书记习近平溯钱塘江而上，来到衢州市衢江区调研，并表示钱塘江流域的污染防治工作，必须走在全省的前列。

近日，潮新闻记者跟随省生态环境厅水生态环境处干部，重走习近平同志在衢江区的调研路线，看浙江推进钱塘江流域整治历程。

沈家经济开发区是首轮"811"环境污染整治行动中11个省级环保重点监管区之一。为了解决废水问题，当地在园区内兴建起一座污水处理厂。18年来，厂区经过两次改造提升，接入的企业数量和污水处理的规模都扩大了不少。今年底前，它将被改造为污水提升泵站。这些变化也印证了全省治水工作的系统升级。

除了治水，园区化工企业的去留也是个问题。方案几经修改，最终当地以"壮士断腕"的决心将49家小型化工企业全部关停。2007年，英特作为5家技术达标的企业之一，搬迁至衢州市高新技术园区。18年来，企业不仅突破环保瓶颈，还能通过污水提取技术产生效益。如今，实现"腾笼换鸟"的沈家经济开发区形成了以食品加工、特种纸、机械加工等为主导的产业体系，迈上了健康快速协调可持续的发展轨道。

多年来，浙江一张蓝图绘到底，持续开展"811"行动，今年将启动第五轮"811"生态文明先行示范行动。浙江水环境实现了由"脏"到"净"、从"清"向"美"的持续转变，正处于水环境治理加速向水生态恢复转变的关键期。当前，生态环境导向的开发模式在全省试点，这种创新机制通过产业发展反哺水生态修复的开支，形成可持续循环，也让周边居民获得环境提升的生态和经济红利。

潮新闻

记　者　胡静漪　钱关键　叶晓倩

通讯员　刘　易

2023 年 5 月 25 日刊发

扫码观看

"民告官"的新闻

昨晚被一则潮新闻惊到了：杭州市一副市长坐在被告席上，这个副市长还是我熟悉的。我心里下意识地想："这兄弟怎么了？"细看新闻才知道，他是代表市政府来应诉的，我顿时释然。

此案件的起因是一件小事，但该副市长表示"群众利益无小事""细节决定成败"，真的要为他大大点赞。如今，"民告官"的案子越来越多，这应该是社会进步的表现。

记得当年余杭区推进法治建设时，在全国率先推出了衡量

◀ 2023年5月29日上午，杭州市中级人民法院公开庭审一起环保行政复议二审行政诉讼案件（周峰摄）

法治建设水平的"法治指数"，其中就把政府部门领导出庭应诉作为评价政府法治建设的重要指标之一。

法治建设是一个系统工程，需要党委、政府、人大、政协、司法部门、社会各界等共同努力，而政府部门与群众的联系越密切，老百姓对政府部门的感受也就越直接，所以政府部门领导出庭应诉不是一件小事。如果哪一天政府领导出庭应诉不再成为新闻，那么法治建设就又往前推进了一大步。

政已阅丨杭州副市长坐上被告席，竟是因为这件小事

2023年5月30日发布

潮友互动

@潮客_s5sshv

只要合理合法，"民告官"并无不可。民众提出的是正常诉求，法律面前人人平等。

@浪漫蓝调

不是所有群众和政府之间的矛盾纠纷都要靠"民告官"来解决，所以还是要从源头去避免纠纷的发生。

潮 文 摘 要

政已阅丨杭州副市长坐上被告席，竟是因为这件小事

5月29日，杭州开庭的一起"民告官"案件，引来众人"围观"。

杭州中院二审一起行政诉讼案。被告席上，坐着杭州市副市长宦金元。前来旁听的，有杭州市政府各部门负责人、县（区、市）分管领导、人大代表、政协委员等200余人。

当天案件的争议点，原本是一件小事。由于快递签收的一个小细节，相关争议不断被放大，最终酿成行政诉讼。对此，宦金元副市长在庭审中表示，行政机关要树立"群众利益无小事"理念和"细节决定成败"意识，提高依法行政水平，防范行政执法风险。

仅2022年，浙江各级行政机关负责人出庭应诉的行政诉讼案件就达到6769件，一审出庭应诉率为98.92%，已连续7年上升。

老百姓告官能见官，是时代的进步，也是法治浙江进程的深入。"民告官"越来越成为家常便饭的背后，是政府践行全过程人民民主的体现。

全国首个"民告官"案件，就发生在浙江。随着法治观念的转变，"民告官"的内容和形式也发生着巨大变化。一场场行政机关负责人出庭应诉的庭审，成为领导干部最生动的法治教育课。

"民告官"的变化，有着深刻的社会发展背景，折射出地方政府理念从"官本位"向"民为先"转变，也反映了政府职能从管制型向服务型过渡。

大禹治水，功在疏导。行政诉讼程序虽已十分便捷，但并不是所有群众和政府之间的矛盾纠纷都要靠"民告官"来解决，更本质、更高效的方法是从源头减少行政争议的发生。

有关部门不仅要时刻紧绷一根弦，查找工作不仔细、不到位的地方，还要通过多种渠道，尤其是面对面的方式，为群众做好沟通、解释和服务。同时，要注意提高行政复议的有效性。

潮新闻

记　者　钱祎
通讯员　王华卫　王方玲
2023年5月29日刊发

扫码观看

"父母官"的眼界

县域经济的发展其实挺考验当地主政官员的眼界、谋略、定力、策略和实操能力的。

比如临安，离杭州不近不远，区域面积大但可用面积小，风光秀美但项目进入条件苛刻。第一波机遇，临安抓住了。杭州老城区"退二进三"，临安利用省管县财政体制的优势承接了"杭叉"等一批制造业的落户；撤市设区推动临安加速实现了城市化与工业化的"两轮驱动"；更重要的是，在城西科创大走廊建设中，临安适时提出"产业强区"战略，主动承接未来科技城的产业溢出效应，老工业区"腾笼换鸟""凤凰涅槃"，土地

▶ 临安一家工业企业的智能生产线（临安区委宣传部 提供）

资源节约集约利用，产业升级有条不紊推进。

当然，余杭人民也是很大气的。文一西路延伸到临安科技大道，轨道交通建设同步推进，使临安早享城市轻轨的红利。所以，区域之间不只是竞争，更多的是优势互补、合作共赢，而这也是打造都市经济圈的题中应有之义。

杭州大山里正在进行的工业化，源头却是20年前一组数字

2023年6月1日发布

潮友互动

临安区经信局干部@正义

一个地区要发展，抓住机遇十分关键，临安利用主城区"退二进三"、杭州城西科创大走廊和撤市设区这三次机遇，实现了跨越发展、转型发展，并提出"产业强区"战略，实施产城融合、"腾笼换鸟"行动腾拓发展空间等举措，充分彰显了地区政府的战略定力和决策智慧！

@拥野

政府部门的扶持政策，鼓励和支持了企业发展，使得临安区成功实现了工业化和现代化，并成为中国山区发展的一个典范。

@潮客_2rz3ht

"两个先行"策略，即先行发展产业、先行推进社会事业，通过集聚资金、人才和技术等资源，促进山区经济和社会的现代化发展。为此点赞！

潮 文 摘 要

杭州大山里正在进行的工业化，源头却是20年前一组数字

在中国，超过55%的人口生活在山区，全面建成小康社会后山区平均现代化率达到63.4%。到21世纪中叶，中国将在"胡焕庸线"以东的山区全面实现现代化，在"胡焕庸线"以西的山区基本实现现代化。

如何让山区赶上中国式现代化这趟高铁？浙江以"两个先行"打造"共同富裕示范区"必须为全国打个"样"。杭州的大山里，一场悄无声息的新型工业化，也许提供了一条路径。

2022年，天目山深处的杭州临安区工业总产值接近1300亿元，规模以上工业及高新技术产业增加值增幅分别位居杭州第二、第三；今年第一季度，临安工业增加值占地区生产总值的比重由2022年的43.9%提高到45.2%，工业投资占固定资产投资的比重由13.7%提高到23.6%。

在占了七成面积、一成地区生产总值，且人口不断流失的杭州山区，"九山半水半分田"的临安区却创造了一个奇迹，不但顶住了杭州主城区的"人口虹吸"压力，而且人口连年增长，产业日渐兴旺。

杭州城西科创大走廊是杭州乃至浙江打开高质量发展之门的一把"金钥匙"。临安位于大走廊西端，这是浙江和杭州这省、市两级为临安赋予"区位优势"的核心所在。

历史性机遇摆在了临安面前。2021年，临安响亮提出实施"产业强区"战略，以产业化推动城市化、以产业振兴推动乡村振兴，重塑临安经济的"骨骼"。

临安，硬是从山坳中踩出了一条现代化的"山路"，在这里听不到大机器轰鸣，看不到产业大军人流涌动，却静水流深、源源不绝，而溯其源头，正是"八八战略"指出的新型工业化之路，让临安拥有了山区现代化的可见未来。

潮新闻

记 者　谢　晔　陈文文　唐骏垚

2023年5月31日刊发

扫码观看

社区的前世今生

"社区"是个舶来词，本是社会学专用术语，指聚居在一定地域范围内的人们所组成的社会生活共同体。

在中国，"社区"的前身是居民区，也就是居民居住的区域，管理者是居民委员会，一个基层群众性自治组织。那时候的居民委员会与广大居民的工作、生活密切相关，许多事情都得经居民委员会盖章才行，比如要证明"你妈是你妈"，居民委员会的印章管用。居民委员会的大妈、大爷也是很厉害的，将每户居民的家庭情况摸得一清二楚，谁家来个陌生人，他们也会借机询问、了解清楚。北京的"西城大妈""朝阳群众"大约就传承了这种"火眼金睛"的绝活与志愿服务的精神。

随着城市化的快速推进，人口高度集聚，需求大幅提升，居民区开始向"社区"转型：管理幅度更大，

▲ 未来社区（翁嘉怡 绘）

服务功能更全，共建单位参与建设，年轻、专业的社区工作者开始进入社区居委会工作。现代社区建设当然是社区建设的升级版，主题词是高质量发展、共同富裕基本单元现代化，居住于现代社区的居民定能享受到更优质的社区服务，自然也会有更多的获得感。

现代社区建设工作需要实打实地稳步推进，来不得半点花架子。我有一次去一个山区县调研，远远地看到一块写有"未来社区"的大牌子，走近细看，这不就是一个新开发的楼盘嘛。

政已阅｜现代社区什么样？浙江城乡正在全力推进

2023年6月10日发布

潮友互动

@糖果女孩

现代社区的建设意义重大。它能够提高城乡居民的生活品质和幸福感，促进城乡一体化发展，推动社会治理创新和社会力量参与，实现社会公平正义和经济可持续发展。

@潮客_2mb7hk

现代社区的共性是"舒心、省心、暖心、安心、放心"，能让大家获得幸福。希望能建成更多现代社区。

@潮客_gx4tog

社区是连接居民与政府的桥梁与纽带，是关注民生的第一线，做好社区工作对稳定民生、提升居民获得感幸福感至关重要。因此，健全社区各项工作制度很有必要。

潮 文 摘 要

政已阅｜现代社区什么样？浙江城乡正在全力推进

现代社区，应该是什么模样？

去年5月，全省城乡社区工作会议提出着力建设现代社区、打造人民幸福美好家园的工作目标。2022年底，浙江进一步推进现代社区建设，强调要办好如养老服务爱心卡、家门口青少年宫、老旧小区加装电梯等涉及老年人、残疾人、困境妇女儿童等不同类别群体的十件惠民好事，服务内容也比先前更加精准。

6月9日，浙江召开了全省现代社区建设工作推进会，公布了全省首批现代社区。200个现代社区，为我们展现了全省模范该有的样子。

首先，现代社区服务要好。例如，幼有所育、老有所养，是全民瞩目的民生热点。做好"一老一小"服务，是现代社区建设的必答题。

现代社区，也是所有人都参与治理的社区。在浙江，现代社区治理强调多方发力，不仅要政府牵头、群众踊跃，而且要善于用好社会力量，实现社区、社会组织、社会工作者、社区志愿者、社会慈善资源"五社联动"。

另外，建设现代社区，也要不断提升社区的"智能"，运用数字化手段推动社区建设，解决治理难题，为基层工作者、居民提供方便。

如今，浙江这200个现代社区，已成为"舒心、省心、暖心、安心、放心"幸福共同体的样板，在高质量发展、高标准服务、高品质生活、高效能治理、高水平安全多方面发力，致力于打造人民幸福美好家园。

潮新闻

见习记者　朱柳霖

2023年6月9日刊发

扫码观看

夏夜的色彩

　　仲夏夜来临。越来越多的游客与市民选择走出宾馆或家门，到西湖边或城市广场吹吹风，感受这座城市夜的魅力。如果能偶遇街头的舞者、演唱者，那必将丰富夜的色彩。或者如果能在露天演出场所欣赏到高质量的演出，那又是另一番夏夜的惊喜。

　　给街头艺人发证，鼓励他们"持证上岗"，这对于规范演出秩序、消除治安隐患，肯定是一件好事。不过，这里有几个观

▲ 2023年6月25日，怡枫国乐团在杭州鼓楼小广场演出，引得不少市民游客围观（叶怡霖　摄）

念还是要厘清：

第一，是为了发展"夜经济"还是为了让街头艺术点亮城市？如果是前者，目的性太强——原来醉翁之意不在酒，艺术只是经济的外衣，没必要为了"夜经济"拿艺术说事。

第二，是自发的演艺还是有组织的演出？街头艺术的萌发是因为歌手喜欢，一台音箱、一只话筒、一部手机就可以开始属于自己的演唱，虽不甚专业，但听者不会在意。有组织的演出或许更专业，但恐怕难以持久。

第三，是艺术普及还是"草根"进阶？我觉得欣赏音乐还得去音乐厅，听歌剧还需端坐在歌剧院里，而欣赏街头艺术则可以轻松一些，不必被赋予那么多的要求与期许。

诸君以为然否？

潮声丨西湖边街头艺人或持证上岗，他们将如何点亮城市

2023年7月2日发布

潮友互动

@潮客_wptibj
街头艺术体现了一个城市的开放包容，现在很多"非遗"项目当年初创时都是街头艺术。

@潮客泉水
愿"文艺赋美"活动为人民生活添彩，为经济发展助力，成为人民日常生活中常见的风景，而不是一阵风。

@鼠小宝 Mousey
让文艺不限于剧场，不囿于围墙，拉近艺术与每一个人之间的距离。

潮声 | 西湖边街头艺人或持证上岗，他们将如何点亮城市

　　纽约的地铁站，巴黎歌剧院门外，巴塞罗那"流浪者大街"……如果你曾去过这些地方，一定会和各种各样的街头艺人偶遇。他们或唱着动人的情歌，或演奏乐器，或跳舞，或表演杂技……有的还会装扮成雕塑，突然动起来吓唬你一下。

　　从去年开始，杭州也多了不少这样的地方。比如杭州人流量最大的湖滨步行街，就搭建起了一个小小的舞台，让街头艺人们有了固定演出的场所，使市民游客驻足就能欣赏一场表演，在快节奏的都市里，成为一道能让人暂时慢下来的风景。

　　惊喜不止在西湖边。

　　近一年来，在浙江省文化和旅游厅的推动下，"文艺赋美"工程在全省11个设区市推进。在城市街头、社区公园、乡村老街，人们都能观赏到一场又一场街头演艺。据统计，今年1—5月，浙江共开展街头演艺近2.5万场，参与演出的文艺志愿者已有6万余人。

　　作为"文艺赋美"的试点城市，杭州目前已布局200多个常态化街头文艺演出点。我们从杭州市文化广电旅游局了解到，预计今年下半年，杭州还将启动为演出质量较高、较活跃的街头艺人颁发演出证的工作。

潮新闻

记 者　叶怡霖　陆　遥

2023年7月2日刊发

扫码观看

潮新闻记者的提问

浙江的主题教育颇有鲜明特色，即"循迹溯源学思想促践行"。

"循迹"就是用好习近平总书记在浙江留下的宝贵财富，沿着习近平总书记走过的"足迹"、擘画的"印迹"、牵挂的"心迹"，以及党员干部感恩奋进的"事迹"；"溯源"就是"溯"习近平新时代中国特色社会主义思想之"源"，因为浙江是习近平新时代中国特色社会主义思想的重要萌发地，"八八战略"与

▲ 潮新闻记者在"八八战略"新闻发布会现场（林云龙　徐彦　摄）

"五位一体"的战略布局在精神上是契合的。

在今天（2023年7月6日）上午举行的"八八战略"实施20周年省委新闻发布会上，浙江日报报业集团潮新闻记者获得了提问的机会。

省委书记易炼红说，浙江的主题教育就是要通过循迹溯源，加强理论溯源和研究阐释，为深入学习习近平新时代中国特色社会主义思想提供生动、鲜活的教材，要学出感恩追随的忠诚信仰，学出攻坚克难的本领能力，学出人民至上的深厚情怀，学出勤廉并重的务实作风。

站在"八八战略"实施20周年的新起点上，在推进共同富裕和中国式现代化的进程中，让我们一起见证浙江新的精彩蝶变。

"八八战略"实施20周年！浙江省委书记、省长答记者问

2023年7月6日发布

💬 **潮友互动**

@潮客_2bz7he
如今的浙江，社会越来越安定，生活越来越富裕，人民越来越安心。身在浙江，幸福感满满！

@陌上轻尘
现在村里都有文化礼堂，时不时就有各种活动，我还很羡慕我爸妈在村里的日子呢，真正是人民生活富足、精神富足！

@潮客_kg85
感谢"八八战略"的宏伟擘画，让浙江大地在这20年间有了飞跃式的发展，让我们期待更加辉煌的下一个20年。

"八八战略"实施20周年!
浙江省委书记、省长答记者问

7月6日上午,中共浙江省委举行"一以贯之深入实施'八八战略',以'两个先行'发挥示范引领作用打造'重要窗口'"新闻发布会。省委书记、省人大常委会主任易炼红作主题发布并回答记者提问,省委副书记、省长王浩出席新闻发布会并回答记者提问。省委常委、宣传部部长赵承主持。

《浙江日报》潮新闻记者:"八八战略"实施20年来,浙江涌现了"千万工程"等一批省域治理的典型经验,带给老百姓实实在在的获得感。在今年的主题教育中,浙江提出开展"循迹溯源学思想促践行",主要出于什么考虑?下一步还有哪些深化举措?

易炼红书记:省委在全省部署开展"循迹溯源学思想促践行",目的就是发挥浙江作为习近平新时代中国特色社会主义思想重要萌发地的独特优势,让广大党员干部在"循迹""溯源"的过程中,亲身感受"八八战略"给浙江带来的全方位、深层次、系统性的巨大变化,从中感悟习近平新时代中国特色社会主义思想的真理力量和实践伟力,从而更加深刻地认识"两个确立"的决定性意义,进一步坚定捍卫"两个确立"、坚决做到"两个维护"。具体来讲,是出于四个方面考虑:

这是浙江一体推进主题教育5项重点举措的重要载体,力求通过"循迹溯源学思想促践行",将学与悟、知与行、查与改有效贯通起来,落实落细各项任务,推动主题教育往深里走、往实里走。

这是用好宝贵资源、放大独特优势的必然要求,能够更好地用好习近平总书记留下的宝贵财富,进一步归集梳理习近平总书记走过的"足迹"、擘画的"印迹"、牵挂的"心迹"以及党员干部感恩奋进的"事迹",加强理论溯源和研究阐释,为深入学思想提供生动、鲜活的教材。

这是持续推动"八八战略"走深走实的现实需要,主要是通过探寻理论萌发源头，引导党员干部进一步加深对"八八战略"丰富内涵、实践要义的理解和把握，坚定深化"八八战略"新实践的思想自觉、政治自觉和行动自觉。

这是纵深推进三个"一号工程"的强大动能，有利于推动党员干部将"循迹溯源学思想"中领悟到的观点、理念、方法，转化运用到推动高质量发展的具体实践中，汇聚起推进各项事业发展的智慧和力量。

主题教育开展以来，各地各单位深入开展"循迹溯源学思想促践行"，学出了感恩追随的忠诚信仰，学出了攻坚克难的本领能力，学出了人民至上的深厚情怀，学出了勤廉并重的务实作风，全省党员干部进一步迸发出担当作为、实干争先的精气神。下一步，将继续深化这项工作：

聚焦贯彻习近平总书记重要指示批示精神深入学，突出抓好"千万工程"、科技特派员制度等重要经验做法的学习践行、深化实化。

充分用好前期循迹溯源成果系统学，通过集中自学、交流研讨、专题讲座、现场学习等方式，全面系统学习领悟习近平新时代中国特色社会主义思想的理论渊源和发展脉络。

结合调研检视整改贯通学，将"循迹溯源学思想"中领悟到的立场观点方法，运用到调查研究、问题检视整改等工作中，进一步加深对党的创新理论的理解领悟，并将其转化为推动高质量发展的具体实践。我们严格按照主题教育"学思想、强党性、重实践、建新功"的总要求，在主题教育中坚持问题导向、解决实际问题，特别是聚焦人民群众反映强烈的突出问题、聚焦人民群众"急难愁盼"的问题，为群众办实事、解难事、做好事。

发挥数字化优势常态长效学，迭代开发"循迹溯源学思想"数字应用，推动理论学习常态长效、融入日常。

潮新闻

"浙江发布"

2023 年 7 月 6 日刊发

扫码观看

"老娘舅"的中国智慧

观潮

  对于"小事不出村，大事不出镇，矛盾不上交，就地化解"的"枫桥经验"，不知道外国人能"get"（明白、理解）到什么点。

  "老娘舅"这个群体或许是理解"枫桥经验"的金钥匙。自古以来，中国人就有以娘家舅为大的传统，娘舅被认为是仅次于父母的至爱亲朋，他们在调停裁决方面颇有威望，众皆信服。久而久之，人们就把德高望重、讲求公道的调解人称为"老娘舅"。在基层矛盾纠纷的调解中，这些"老娘舅"虽无官衔、公权，但发挥了重要的、不可替代的作用。

  与西方更注重个人权利保护和惩罚性质刑事裁决的价值追求不同，"枫桥经验"更强调亲友之间、邻里之间、村社之间社

◀ 2019 年 11 月 7 日，西班牙考察团到枫桥派出所学习考察"枫桥经验"（诸暨市公安局　孙超　摄）

会关系的修复，即对"和气"的追求。因为 些矛盾纠纷的产生就是为了"讨一个说法，求一个公道"，所以基层矛盾的化解既要讲法治，也得讲自治、德治与共治，矛盾化解的过程也是"事心双解"的过程。

"枫桥经验"是中国式基层治理的方案，其中蕴含着中国智慧。难怪有西方学者发出这样的感叹：先进法律技术的"钟摆"是否会从英美朝中国方向摆动？

潮声 | 洋专家看"枫桥经验"，"get"到了什么点？

2023年7月9日发布

💬 潮友互动

诸暨市纪委干部@法治笑侠

"枫桥经验"的价值在于其基层治理实效功能和与时俱进发展能力，具有丰富的理论内涵和指导意义。当下与未来，我们既要坚持"枫桥经验"政治性、人民性、实践性和时代性的根本特性，更要充分展示其国际性、普适性的人文内涵，为全球治理提供"中国善治"方案。

@史努比 dog

和气是第一位的，"以和为贵"是刻在中国人骨子里的传统美德。

@潮客_2xeqh4

"依靠群众就地化解矛盾"，"枫桥经验"历久弥新，正在为国际社会提供典范。

@潮客_qdxwao

一切为了人民、一切依靠人民，从群众中来、到群众中去，始终保持同人民群众的血肉联系，"枫桥经验"蕴含中国智慧，是一张"金名片"。

潮声丨洋专家看"枫桥经验","get"到了什么点？

2023年7月3日，第三届文明交流互鉴对话会暨首届世界汉学家大会在北京召开，中共中央总书记、国家主席习近平向大会致贺信。

来自浙江诸暨的"枫桥经验"亮相大会。绍兴市委常委、诸暨市委书记沈志江在分论坛上作交流发言。"枫桥经验"60年来历久弥新，新时代"枫桥经验"已成为中国式基层社会治理现代化的重大经验。对"枫桥经验"而言，亮相这一以"文明"命名的大会，意义重大。

世界文明互通互鉴，"枫桥经验"早已吸引国际人士的目光。

早在1999年，国际犯罪学协会学术委员会主席、德国图宾根大学教授汉斯·尤尔根·卡尔纳就前往枫桥派出所考察。此后的24年来，已有来自日本、东盟、俄罗斯、美国等不同国家、地区和不同领域的300余人次专程到枫桥"取经"。

就在前不久，沈志江同志还代表诸暨先后参加中越、中老两党理论研讨会，介绍新时代"枫桥经验"的做法和启示。这两场研讨会是由中国共产党分别和越南共产党、老挝人民革命党共同举办的，今年的主题都聚焦信息化时代创新社会治理的经验。

2019年4月，上海合作组织成员国19人法官团深入枫桥考察后，认为"枫桥经验"很有启发意义。他们还将"枫桥调解模式"翻译成本国语言，回国后推广。

前来诸暨考察的国家中，发展中国家普遍关注如何利用"枫桥经验"打击违法犯罪和维护社会稳定，发达国家则更加关注如何利用"枫桥经验"和现代科技预防化解矛盾纠纷。用网友的话说，都"get"（明白、理解）到了点。

在绍兴做面料生意的印度籍商户尼拉杰，成为"洋娘舅"已5年。在他看来，劝架、调解是一种很有智慧的解决纠纷的方法，成本要比打官司低，而且矛盾双方也很容易谈着谈着成了朋友，相比之下更具有安全感、幸福感。

这种"非诉"理念，也是"枫桥经验"让很多国外专家感到惊叹的地方。尤其是当地探索的"在法治轨道上全面推进基层矛盾纠纷排查化解"的实践路径，能推动更多力量向引导和疏导端用力，最大限度把矛盾纠纷化解在基层、化解在萌芽状态，而且能够更好地达到"事心双解"的目的。

英国哲学家罗素曾在《中国问题》一书中写道："中国至高无上的伦理品质中的一些东西，现代世界极为需要。这些品质中我认为'和气'是第一位的。"

"枫桥经验"，正契合了这样的品质。

潮新闻

记 者 金春华 干 婧 应 磊

2023年7月9日刊发

扫码观看

特色小镇的"里子"和"面子"

观潮

这些年去特色小镇学习的考察团不少，他们沉浸于"打卡"，热热闹闹，至于取到了多少"真经"，我们不得而知。

特色小镇的兴起或许与浙江块状经济的传统和民营经济的发达有关，但它绝不是块状经济的翻版，而是在新发展理念指导下关于高质量发展的探索。

透过特色小镇美丽的"外衣"，我们可以探究到，特色小镇

▲ 特色小镇——余杭区未来科技城梦想小镇（董旭明 摄）

"特"在产业。特色产业的集聚发展才是特色小镇的秘密所在，而这些特色产业的集聚也不完全是从零起步、"空穴来风"，它有企业集聚的一定基础，还有相关产业项目投入的储备。

各地对争创特色小镇的积极性还是蛮高的，这不仅因为创建后授牌有"面子"，还因为创建成功后有资金扶持、土地指标激励等"里子"。但是创建特色小镇难免会出现良莠不齐的情况。这时，评价考核与退出机制就显得异常重要。值得引起我们关注的是，过去两年有11个质量低下的小镇被"摘帽"淘汰。

特色小镇并不是行政区划意义上的建制镇，而是产业集聚、产业创新、产业升级的平台。在创新深化、改革攻坚、开放提升的新征程上，特色小镇必然是大有作为的。

总理关心的特色小镇，浙江今后这么干

2023年7月14日发布　　　　　　　　　　　　　　　　　　••

💬 **潮友互动**

👩 **@潮客_2zapne**
特色小镇，重点在特色，要在"特"字上做文章。

👩 **@王阿姨**
特色小镇这一创新模式，走出浙江、奔向全国。

👨 **@潮客_qubbio**
小镇撬动的不仅是大转型，还是发展机遇。

总理关心的特色小镇，浙江今后这么干

7月13日下午，浙江特色小镇建设工作现场推进会在云栖小镇举行。

时间拨回至2014年，时任浙江省省长李强在调研云栖小镇时，曾提出"让杭州多一个美丽的特色小镇，天上多飘几朵创新'彩云'"。此后，特色小镇这一创新模式，走出浙江、奔向全国。

今天，站在特色小镇发轫的土地上回看，浙江的特色小镇发生了哪些演化变迁，今后又该走向何方？我们在现场了解到，浙江将全力打造特色小镇升级版。

特色小镇，以"特"为姓，以"镇"为名，相信不少人或多或少听说过，但对其背后的发展深意，却未必能理解深刻。

会上公布的一组数据，或能展示特色小镇强大的生产力：2022年，浙江特色小镇总产出达1.98万亿元，集聚了一大批数字经济、高端装备制造等高附加值、高成长性企业；完成固定资产投资（不包括住宅和商业综合体项目）1356.5亿元，镇均9.4亿元。

从2014年特色小镇概念首次被提及，到2015年浙江推动特色小镇建设，浙江特色小镇的建设发展，一直都和浙江经济所处的环境密切相关。

可以说，特色小镇的诞生，承载的是以产业的有效投资推进浙江的产业经济转型的大课题，是加快供给侧结构性改革、破除供给约束的新实践。

从2015年特色小镇建设至今，8年时间，足以让特色小镇成长成型。在当下经济回升向好和产业转型升级的关键时期，特色小镇该何去何从？

"小镇发展已进入转段迭代的关键期、高质量发展的新阶段，要求我们从增量思维转向存量思维，从'重数量'转向'重质量'，从'重创建'转向'重运营'。"省发展改革委相关负责人表示。下一步，浙江要打造特色小镇升级版，成为实施二个 "·号工程" 和 "十项重大工程" 的重要平台。

潮新闻

记 者 郑亚丽 丁 珊

2023 年 7 月 14 日刊发

扫码观看

一体化的经济学

俗话说的"屁股指挥脑袋"与"到什么山上唱什么歌"有着差不多的意思，是对一个客观现象的描述。

你在一个地方或一个单位主管工作，首先必须对这个地方或单位负责，如果"自留地"都种不好，考核时是要被"打屁股"的。

我在余杭工作的时候，周边的富阳、临安、海宁、德清等地的领导每年来拜访，主要的诉求是希望打通"断头路"，甚至在地铁建设方面与余杭联通。

余杭很为难，因为这些道路虽对周边区（县）来说确实是十分必要的，但对余杭来说却是末梢。而且道路建设等投入还不是一个小数目，财政都是"分灶吃饭"的，在每年的人代会上总得对人大代表有个交代吧。

平心而论，打通"断头路"等也并非只涉及投入与付出的问题，人气集聚、商业集中、产业互动对双方都是有好处的。放大到长三角，大家地缘相近、人缘相亲、文化相通，在产业优势互补、民生福祉共享等方面有着较大的共识。

今年长三角地区主要领导座谈会给三省一市的老百姓带来了什么利好消息呢？

◀ 2018年7月3日，嘉善县兴善公路建设施工工地上，大型机械正在忙碌作业（沈志成摄）

涌金楼｜长三角年度聚会现场，我看到了什么

2023年6月6日发布

潮友互动

@远走

以水为媒，与生态环境和谐共生为长三角带来了更多的合作可能。水治理一体化机制其实是生态文明的难点，这其中牵扯到产业转型和跨区域合作。有尝试，就会有收获，我们希望看到更加焕发绿色活力的长三角。

@潮客 2j2zhd

合作必然是存在阻碍的，比如标准不统一的阻碍、机制体制的阻碍、交通的阻碍等，但是敢为天下先的"长三角人"已经在尝试突破阻碍的路上。我们相信长三角在未来一定会深入融合，互惠互利，越走越远。

@山水画卷

教育资源的交流互补其实也值得一提，让籍贯不再成为羁绊。突破体制机制不容易，但我们一定可以突破重重障碍。

涌金楼 | 长三角年度聚会现场，我看到了什么

6月5日下午，一年一度的大聚会——2023年度长三角地区主要领导座谈会在安徽合肥再次启幕。

2023年对于"长三角人"来说，时间点尤其特殊。今年是长三角一体化发展上升为国家战略5周年，而同在合肥又唤起大家的记忆——今年也是习近平总书记主持召开扎实推进长三角一体化发展座谈会并发表重要讲话3周年。

这几年，合肥干了不少"无中生有"的事：制造全国第一台超导量子计算机；与上海超级计算中心共同成立长三角量超协同创新中心。从想到做、再到做成，也是五年来"数字长三角"的建设历程，浙江主动承担"数字长三角"建设工作，初显成效。从设想到实现的，还有多地共建的重点合作区域，一系列重大项目、关键产业在跨域平台上生长起来。

为了协同治理好长江流域，合肥在巢湖开展十大专项行动，让一池清水出安徽。五年里，环保一体化工作的重心从陆域治理转移到陆海统筹推进水资源、水环境、水生态治理，也从以环境治理为主转到以绿色发展为主，意味着治理从浅水层步入深水区。如今，医教、交通等不少领域已经搭建初步的合作机制，接下来由浅入深还要啃很多"硬骨头"，还需以创新合作机制破解核心难题。

像聚拢光线的镜片一样，生产OK镜片的合肥企业也在全方位聚拢长三角的优势资源。产业是长三角一体化高质量发展的生命线。这些年，在生产要素的各个环节，长三角的点状合作越来越紧密。而围绕产业向上下游及配套服务延展，包括科研、金融、人才、贸易等在内，一体化合作的范围越来越广阔，已形成全生态协同的态势。

在长三角聚会的现场，我们感受到一体化元素已经渗入日常生产生活，

我们探讨更加理想的长三角同城的未来，共同向"长三角人"的身份进发！

潮新闻

记　者　胡静漪

2023 年 6 月 5 日刊发

扫码观看

为实干担当者"清障"

现在各行各业都有点"卷"。这个"卷"折射到干部身上就是庸碌无为，避着矛盾走，跟在后面干。

究其原因，一方面是现在工作时间紧、任务重、要求高，一日千里的变化使"本领恐慌"成为干部在关键时刻冲不上去的原因之一；另一方面，干事创业氛围也是影响因素，"检查的人多，干事的人少""做得多，错得多""我担当了，但谁为我担责"等疑虑也经常影响着干部的执行力、行动力。

我在地方工作的时候就遇到过这样的情况。在推进重大基础设施建设项目时，往往因为时间紧迫，一些诸如土地空间利用规划的调整、农转用指标的落实等大多是滞后的。如此一来，项目建成之后，那些为加快项目推进"挑担子"的干部就会因为违反有关政策规定而受到党纪政纪处分。

▲ 容错纠错，消除干部"内卷"（钟亦舒　绘）

受到处分的干部当然会感到委屈，可能还会对其他干部产生负面影响，工作的积极性也会大打折扣。

推进创新深化、改革攻坚、开放提升三个"一号工程"，迫切需要广大干部奋勇争先、实干担当。浙江出台容错纠错实施办法，释放了激励干部担当作为的强烈信号，无疑为消除干部"内卷"清除了障碍。

浙江出台容错纠错实施办法 释放激励干部担当作为强烈信号

2023年6月8日发布

潮友互动

@吴翔
　　有能力无意愿是谓干部"躺平"，究其原因就是问责机制出了问题，使很多干部认为"多做多错，少做少错，不做不错"。长此以往，基层干部失了主观能动性，于公于私都是损失。

@辜晓进（深圳大学教授）
　　肺腑之言。

@天使之翼的羽毛
　　浙江出台这个实施办法，非常好。探索创新的道路上，要给干部以支持，这样干部做事才不会畏首畏尾。

@鹤立鸡群
　　干部也是人，被人冤枉了也会伤心的，要保护真正干事的干部。

@汤隽洁
　　激励干部实干担当，才能推动社会进步。

浙江出台容错纠错实施办法
释放激励干部担当作为强烈信号

日前，《浙江省深化落实"三个区分开来"要求健全容错纠错机制激励干部担当作为实施办法》（以下简称《实施办法》），由中共浙江省纪委机关、中共浙江省委组织部正式印发。这也是党的二十大以来，浙江出台的首个以健全容错纠错机制为主要内容的实施办法。

"《实施办法》与时俱进地健全容错纠错机制，就是要进一步释放激励党员干部新时代新担当新作为的强烈信号，树立干事创业的鲜明导向，引导激励浙江党员干部打消不必要的顾虑，放开手脚加油干。"省委组织部有关负责人介绍。

《实施办法》深化落实"三个区分开来"要求，旗帜鲜明地为担当者担当、为负责者负责、为干事者撑腰；同时，注重结合浙江实际，充分考量浙江党员干部要承担的重点任务、要"摸着石头过河"的创新领域，透露出浓浓的"浙江味"。

《实施办法》规定了6个方面21种具体的容错情形；对于谁来容错、怎么容错，也给出了具体指导。近年来，浙江各地在探索容错纠错机制过程中的好经验，也被吸收进了《实施办法》。

"容错纠错工作是为了让干部敢于负责、敢于作为，但宽容不是纵容，要准确把握容错纠错的政策界限，严把容错纠错纪法底线，防止把容错当'挡箭牌'、搞纪法'松绑'。"省纪委监委有关负责人说。

该"容"的，大胆容错，让广大干部轻装上阵、撸起袖子加油干。《实施办法》提出，经认定予以容错的，根据问题性质和程度，采取不予、免予追究责任或者从轻、减轻追究责任等方式处理。

不该"容"的，坚决不"容"。《实施办法》专门规定了不予容错的6种情形，严守纪法底线。

对出现的失误错误，举一反三，堵住漏洞。《实施办法》提出"加强防错纠错"。对容错诉求和案例比较集中的高频事项，推动健全完善政策举措和制度机制，防止同类性质的失误错误多发频发。

潮新闻

记　者　戴睿云　李　灿　施力维

2023 年 6 月 7 日刊发

扫码观看

"提级"的含义

观潮

人类在大自然面前总是渺小的。

为了应对各种自然灾害的来袭，我们制定了诸多应急预案，以备不时之需。预案见效的关键在于平时的演练。演练时需要反复推演可能出现的情况，以及考虑该采取怎样的措施将损失降低到最小限度。

由于各地情况千差万别，面对同样的应急响应，有的地方

▲ 2023年7月17日清晨，积水严重的嘉善县白水塘路已恢复交通（胡凌翔 摄）

压力空前，有的地方风平浪静。久而久之，那些因执行高等级响应却又平安无事的地方就会产生"狼来了"的松懈、麻痹心理，甚至出现执行应急预案打折扣的情况。

自然灾害具有突发性、偶然性，谁会想到北方缺水城市会暴雨成灾，远离台风演进线路的地方会突发泥石流？"宁可十防九空""宁听百姓骂声，不听百姓哭声"等都是从血的教训中得来的经验。

面对防汛救灾严峻形势，省委主要领导对"提级管理"的要求讲得很透彻，"提级"不是指向整个社会面，而是主要针对领导干部，各级领导干部在汛情灾情面前要提级看待、提级履职、提级应对，始终绷紧安全之弦，保一方平安。

昨天深夜遭遇破纪录暴雨，看浙江这座城市如何安然突围

2023年7月17日发布

潮友互动

@爱情 Love
很感动，关键时刻总有人挺身而出，致敬！

@葡萄 grape
气象部门不断加强气象监测和预警能力，为公众提供及时准确的气象信息，保障人民生命财产安全。

昨天深夜遭遇破纪录暴雨，看浙江这座城市如何安然突围

7月17日早上8时，嘉善，阳光照耀着闹市街头的车流，苏醒的城市看不出前一夜被暴雨袭城的痕迹。

没有亲身经历的人，难以想象前一天夜里的暴雨如注：受台风"泰利"倒槽和副热带高压共同影响，嘉善出现极端强降水天气。60分钟里疯狂"倒水"141毫米以上，刷新了嘉善国家气象观测站自1971年建站以来的历史极值。

这一夜，嘉善经历了什么？

7月16日20时21分，嘉善发布暴雨红色预警信号。暴雨来得太快，夜行的人们格外让人牵挂。

在淹水严重的路段设置禁行标志，将淹水车辆推离积水路段，指引抢险车辆快速进入核心路段实施抢险作业……嘉善最大限度将警力派到一线。

黑夜里，一名交警怀抱着暴雨中受困的幼儿走向警车，"小朋友不哭，叔叔送你回家"；两名热心群众冒雨在街头指挥交通3个小时，"师傅前面不能开，调头"……

每一处险情发生的地方，都有人及时伸出援手。消防员排涝救人；支援队伍深夜奔赴嘉善，开展抢排作业；嘉善蓝天救援队协助人员转移……

这一夜，也是嘉善上千名党员干部的不眠之夜。嘉善县防汛防台抗旱指挥部大厅灯火通明，数字化监测预警系统的可视化平台发挥实时监测、险情预报、救援指挥等作用。"该封道的封道，该关闭的关闭，确保过往车辆和人员安全。"预警信号升级为暴雨红色预警信号后，嘉善县委主要负责人作出指示。

一夜鏖战后，大暴雨终于停了，天也快亮了。

嘉善农技专家，一大早在蔬菜大棚内现场支招；各保险机构的工作人员跑起来，对受淹车辆开展定损评估；魏塘街道魏中村的志愿者，匆匆给积水

严重的居民家送去热腾腾的午餐……

　　"面对这场创纪录的特大暴雨，强悍的嘉善人民顺利经受住了考验。"有网友发了这样一句评论。是呀，是强悍又可爱的他们，让这座城市经受住了特大暴雨的考验。

扫码观看

潮新闻

记　者	沈烨婷　顾雨婷　徐惠文　王志杰
实习生	戴子函　许钟予
编　辑	李　茸　郁馨怡
共享联盟·嘉善	胡凌翔　胡引凤　盛明珏
	汪　纯　章　丽　丁　珩　唐芳园
	杭燕飞　曹起铭

2023 年 7 月 17 日刊发

篇章四

人生闲谈

让“小哥”静一静

观 潮

"最美小哥"彭清林已经平稳度过骨折急性期，出院了，这是一件令人欣喜、欣慰的事。人们以各种方式给他送去祝福，祝愿他早日康复，重回正常工作、生活轨道。

彭清林是穿梭在杭城大街小巷的万千骑手中的一员，见有人落水钱塘江，虽心有所惧却仍纵身跃下，跳出一道最美风景。上岸后，他继续骑送外卖，真实而纯朴。

平凡人因为不平凡的举动而成为英雄。他的救人壮举也迅速冲上热搜，为大众所知晓。鲜花接踵而至，荣誉纷至沓来，温暖广泛传递，英雄与市民双向奔赴，美好与温情一一触达。

与此同时，那些出于善意的举动也不断汇聚：劝说流量变现的有之，请求代言的有之，隔空示爱的有之，这让"最美小哥"感到难以承受之重，他发自肺腑地说，自己有点累、有点浮躁，需要静一静。

或许有人会关切地问，"最美小哥"去哪里疗休养了？我知道了也不能说。英雄也是普通人，此时无声胜有声。就让我们默默地、静静地远望，任由他一个人安静下来，好好地思考一下人生。值得期待的是，两三个月之后，我们的英雄将健康归来，平常归来，崭新归来！

2023年6月29日，救人"小哥"彭清林即将出院。住院期间，他收到了社会各界的表彰、慰问。感动温暖之余，彭清林也有些压力，想要回归到平常的生活状态（施雄风 摄）

救人"小哥"彭清林今日出院！他说，想静一静，思考思考人生

2023年6月30日发布

💬 潮友互动

@快乐生活

"小哥"要多保重，希望社会上有更多这样的"小哥"，让温暖和善意双向奔赴，流传更广。

@甜中书

记得有一位网友说："从人群中来，归于人群中去！"希望接下来大家不要打扰到"小哥"的日常生活。

@潮客-fwgh4c

半个月，从默默无闻的配送员到全国瞩目的平民英雄，彭清林拥有了一段普通人绝无可能的经历。

@潮客-qacjh7

给"小哥"一些空间，让他好好思考，尊重"小哥"，爱护"小哥"。

救人"小哥"彭清林今日出院！
他说，想静一静，思考思考人生

6月29日，经过浙江中医药大学附属第二医院（浙江省新华医院）的全面检查和专家会诊，因从高处跳水救人造成胸椎骨折而入院治疗的杭州"跳江小哥"彭清林平稳度过骨折急性期，达到出院标准，可以出院。

"我感觉自己已经康复了。"出院前，彭清林躺在病床上，状态很不错，有说有笑。

他说，这是他从小到大第一次住院，他特别感谢医院医生、护工等工作人员们的悉心照顾。除了医院专业的治疗，最令他感动的是医院在生活方面对他的照料。

彭清林是一名"外卖小哥"，平时奔跑在杭城的大街小巷，风吹日晒，作息不规律。"我一直想让自己长点肉，胖一点，但怎么吃都不胖。"他笑着说，感觉住院的这些日子，自己变胖了，也变白了。

住院的这些日子里，彭清林接受了媒体采访、社会各界的表彰和慰问。"住院的时候，我也会在网上看一些关于我的新闻和大家对我的评论，也会跟关心我的人在网上互动一下。"彭清林说，这段时间以来大家对他的关心和认可，让他很感动，也很温暖。

不过，彭清林对自己"火了"之后所发生的事，感到了一些压力。

有网友向他喊话，要给他奖金、给他送礼，有网友让他抓住流量开启直播带货，甚至也有网友隔空向他表白。"我只是做了一件我觉得该做的事，我不想借此来炒作自己、来牟利。"他说，自己只是想把善意和温暖传递一下。

"我想静一静，自己好好思考下人生，对未来有一个好的规划。"对于出院后的计划，彭清林这样说，自己是想回归到一个平常的生活状态，在力所能及的范围内做做公益。"我也会通过短视频、直播等形式，去跟大家分享我的生活。等彻底康复了，我也可能继续开始送外卖的生活，并和大家分享分享真实的外卖跑单日常。"

潮新闻

记　者　谢春晖　施雄风

2023年6月29日刊发

扫码观看

童年的"潮玩"

观 潮

童年的回忆总是那样的美好。连环画就是小时候的美好回忆之一。那时的连环画相当于现在的"潮玩",比如POP MART（泡泡玛特）、52TOYS、九木杂物社等。拥有全套的或者发行量少的连环画,是绝对可以在小伙伴面前炫耀的。

连环画的价格从几分到几毛不等,现在看来似乎太便宜了,但在当时是个不小的数目,因为每月的零花钱只有一两元。记得我为了集全一套25册的《西游记》,除了要盘算好并不宽裕的零花钱,还得另辟蹊径:每月省下一两斤粮票,偷偷拿到羊坝头附近弄堂里的"黄牛"处换点小钱,再去书店

▲ 连环画收藏爱好者朱柳建家中至今保存着《说岳全传》系列（朱柳建 提供）

223

购买心仪的连环画。连环画文字不多，一幅幅小画却颇为传神，四大名著中的人物在连环画中栩栩如生，跃然纸上。每每放学回来，翻看连环画也是一大乐趣。我一遍一遍地翻看，直到连环画的边角都卷起来了，又一页一页地给它们抚平。

如此，我收藏连环画的爱好一直保持到参加工作。随着时间的推移，我的连环画也越积越多，乃至把小阁楼上并不宽敞的空间都塞满了。只是后来搬家了，我再没有合适的地方存放下这么多的连环画，只能依依不舍地忍痛把它们让给了废品收购站。

回想起来，如果那些成套的连环画能保存到现在的话，我都可以将之捐给杭州版本馆了，说不定吴馆长还要给我颁发收藏证书呢。

有风来 | 跟总书记识文脉：连环画里，藏着多少失而复得的童年？

2023年6月9日发布

潮友互动

@雷根昌
小时候宁可不吃饭都要买连环画，好多知识都是来自连环画，《铁道游击队》《西游记》《红楼梦》《三国演义》《三十六计》《霍元甲》……好怀念那个时候啊。

@小清新风
连环画作为一种传统的艺术形式，仍然具有很高的艺术价值和文化意义，值得我们珍视和传承。

@潮客_嘉陵江
童年的连环画里隐藏着少年时代无数的甜蜜回忆，至今令人难以忘怀。

有风来丨跟总书记识文脉：
连环画里，藏着多少失而复得的童年？

对出生于20世纪六七十年代的人们来说，童年记忆里都少不了一本连环画。

6月1日下午，习近平总书记乘车来到离北京中心城区约40公里的燕山脚下，考察中国国家版本馆中央总馆。年画、连环画和宣传画是国家版本馆的特色馆藏。

"这些小人书都是全套的，我小时候都翻烂了，《岳母刺字》《牛头山》《枪挑小梁王》《双枪陆文龙》《小商河》……"习近平总书记如数家珍，"这些小人书很有教育意义，画小人书的人功夫也深，都是大家。"

习近平总书记提到的这几本小人书，都来自当年风靡一时的《说岳全传》。这些让他念念不忘的小人书，究竟有什么魅力？

时间拨回到20世纪六七十年代。这是连环画极其繁盛的一段时间。

这些小人书在那个年代独具使命。

它用一种粗线条的方式讲故事。书中那些历史典故里的"名场面"，无论是市井人情还是沙场拼杀，都得到一丝不苟的刻画，栩栩如生。没有艰涩的古文，历史不再沉闷。在物质不丰盈、知识普及手段稀缺的当年，小人书就这样担负起了对几代人的一部分启蒙责任。

"这些小人书不仅仅关乎情怀与记忆，而且是一种精妙的艺术表达方式。"浙江人民美术出版社社长管慧勇说。

连环画是一种对创作自由度有着较高限制的艺术形式，必须要有现实依据而不能凭空想象。在管慧勇看来，写实的画风正是连环画区别于当代漫画的一大特点——它的画面里自带一种中国传统叙事的"烟火气"，这种写实的笔触体现的是对生活细节的凝视。

从某种意义上来说，这是流淌在我们中国人血液里的审美共识和文化基因。

如今，连环画从大众读物的文化业态变成了一个"情怀市场"。未来，连环画会不会消失呢？

管慧勇认为，答案是否定的。"在高速的生活节奏下，我们阅读的媒介确实发生了迁移。声光电媒介的内容转瞬即逝，相比之下，这些画本更值得反复揣摩和玩味。"他觉得这是时代给我们出了一个题目，让我们为连环画重新赋能。

潮新闻

见习记者　林晓晖

2023年6月8日刊发

扫码观看

几代人的高考

观潮

今天（2023年6月7日），全国发生了许多大事。比如，深圳文博会在疫情之后首次精彩亮相，高规格的文化强国论坛盛大开幕，等等。

"高考"肯定也是今天的热词。不知道我的父辈高考时是怎样的境况，穿旗袍"旗开得胜"、穿红衣"红红火火"的场景肯定是没有的。那时父辈们的愿望就是通过高考跳出"农门"。

到了我们高考的时候，父母照常上下班，也不过问我们具体考试情况，母亲在做早饭的时候默默地加煮了两个鸡蛋，这

▲ 故事的力量（宋钰颀 绘）

在当时也是一种祝愿方式吧。待到我自己孩子高考的时候，我已经明显感受到做父母的责任重大，早早地在考场附近找个小饭店，陪着吃一口饭菜，算是减轻平时对孩子关心不够的愧疚感，孩子的高考也就这么平常又顺利地过去了。

可怜天下父母心，现在的高考已成了举国关注的重大事件，考场周边的噪音检测早就启动了，考试期间交通绿色通道也早有准备，如此等等。

每年的高考作文都是大家热议的话题，今年的作文是关于"好故事的力量"，看似简单，要写得出彩却难。

讲故事一直是新闻工作者的强项，但要"讲好中国故事"并不容易。"好故事的力量"这道题考的是莘莘学子，但我们不妨把它作为对记者、编辑的考题，转文风、改作风，写出关于浙江、关于中国的精彩故事。

飞机晚点了，方向不变，目的地仍是：杭州，西子湖。

有风来｜高考作文题："好故事的力量"，我好像悟了

2023年6月7日发布

潮友互动

@潮客_wdngcn

宰相刘罗锅，故事一大锅。对大多数人而言，只能听别人的故事，讲别人的故事。能留下故事的人，注定不凡。

@美丽Beauty

故事是有力量的，所以要讲好好故事，也要警惕坏故事。以前听人说"你是在讲故事啊"，意思是"你是在瞎说吗"，所以，要表扬"讲故事"，感觉有难度。

有风来丨高考作文题: "好故事的力量", 我好像悟了

6月7日, 全国高考。在自主命题19年后, 今年, 浙江加入了全国卷"联盟", 作文考题 (新课标I卷) 题眼是"好故事的力量"。

从童话到历史典故, 从小说到家长里短, 我们从小就在听故事。因此, 全国卷的这个说"故事"的高考作文题是一个没有门槛的题目, 城里孩子、山区孩子都有共鸣。

从这个意义上说, 故事跨越时空的生命力有多强, 她的力量就有多大。钻石"一颗恒久远"之类的"故事营销"之所以会成为商业场上的战略, 是因为故事往往比道理更能让人相信。

如果连虚构的故事都已经如此, 真实的故事的力量则更大。

前些天, 神舟十六号上天, "眼镜航天员"桂海潮火"出圈"。桂海潮1986年出生, 本职还是个大学教授。大家感到不可思议, 都在追问这是哪路"天才"。

紧接着, 在"孔乙己的长衫"成为舆论热点的时候, 人们挖掘出了一个"读书可以改变命运的故事"。

有个网友留言: "我家就住在他读书的中学里, 我家的厨房对着他高中住的那间小屋。每天黄昏吃饭的时候, 我都会听到他大声朗读背诵。我小时候贪玩, 经常被老爸揪着去看他学习。透过那扇纱窗, 我不知道我看到的是一个未来的宇航员。"

原来, 我们以为的"天才"并不是天才。桂海潮志向远大, 靠着勤奋, 走出偏远山村, 去大城市读大学, 又去国外搞科研, 最后"飞"到了天上, 成为普通人的希望。这体现了真实故事不可置疑、无法反驳的力量。

我们中华民族从古到今, 从神话到现实, 有许多独有的、真实的、摄人心魄的、催人奋进的故事。但是每一个宏大叙事, 都是由一个个小故事组成的。所以, 我们既要讲好时代的故事, 也要讲好自己的故事。只有这样, 我

们才会成为时代故事里的人。

潮新闻

记　者　严粒粒

2023年6月7日刊发

扫码观看

飘萍精神永恒

　　"铁肩担道义，妙手著文章"出自明代官员杨继盛的"铁肩担道义，辣手著文章"，李大钊巧改"辣"为"妙"。

　　由此，这副对联为更多的人所熟知，也被新闻人奉为圭臬。在北京市西城区魏染胡同京报馆旧址的进门处，有"铁肩辣手"四个铿锵有力的大字，这显然是取了杨继盛名联的原意。手书者是有"新闻全才""一代报人"美誉的邵飘萍。

▲　"铁肩辣手"邵飘萍（钟亦舒　绘）

　　邵飘萍，原名镜清，浙江金华东阳人，《京报》创办者，中国新闻理论开拓者，他以"辣"标注新闻自有他的道理：以"辣"采访是他的长项，上到政府官员，下到平民百姓，没有不接受他采访的，因为他有"巧做戏""广交友"的采访秘籍，能采到独家新闻、时政秘闻；辛"辣"文风是他的标志，他以独特见解揭示真相、诠释真理，冯玉祥将军对此评价道："飘萍一支笔，胜抵十万军"；刚"辣"风骨是他的做派，不畏权贵，不媚世俗，哪怕面对"白色恐怖"，也丝毫不放弃对理想的追求。

　　1926年，他因发表文章揭露张作霖而被害，年仅40岁。巨星陨落，永志怀念。今天，我们铭记他的名字，他的精神必将永恒。

　　一份《京报》诠释一生！邵飘萍身上的时代精神永不过时

2023年7月4日发布　　　　　　　　　　　　　　　　　　　　‥

💬 **潮友互动**

@潮客-dcichn
　　邵飘萍先生勇于担当时代责任，追求真理，不畏强权，敢于揭露真相。他以敏锐的洞察力和出色的调查能力，为提高中国新闻报道的真实性和客观性做出了卓越贡献，成了影响时代的进步力量。

@浪漫蔓调
　　每一个时代，都需要这样有担当、有骨气的新闻人。

@银杏 silver
　　一代报人"以身殉国"，为世人燃起了黑暗时代里的一束亮光。

一份《京报》诠释一生！邵飘萍身上的时代精神永不过时

邵飘萍，浙江东阳人。作为中国现代新闻先驱，他被誉为"新闻全才"。1918年10月，他创办《京报》，后成为中国共产党早期秘密党员。

《京报》问世后，注重时政报道和评述，积极传播马克思主义，配合党的北方革命活动，很快在读者中树立起正义与进步的形象。办报不到一个月，《京报》的发行量就从300份增至4000份，最高时达到6000份。这在当时的北京是首屈一指的！除了每天出两大整张报纸外，《京报》还相继出版了《京报》副刊、《莽原》等10多种副刊。鲁迅就是这些副刊的主编之一。

在公众眼里，邵飘萍是当时"白色恐怖"下新闻界的一个斗士。"布衣将军"冯玉祥曾经夸赞："飘萍一支笔，胜抵十万军。"

1926年4月，张作霖、张宗昌部攻入北京，开始大肆抓捕进步人士。"白色恐怖"中，邵飘萍没有退缩，他说："现在别人不能讲话，所以我不能跑。我要写，我要说，死也要讲！我舍生取义，死不择音为人民，无遗憾！"

1926年4月26日，传奇报人、革命志士邵飘萍被奉系军阀杀害。1949年4月，就在新中国成立前夕，毛泽东亲自批文，追认邵飘萍为革命烈士。2021年6月，作为"中国共产党早期北京革命活动旧址"之一，位于北京市西城区魏染胡同的京报馆旧址（邵飘萍故居）修葺一新后对外开放。

人们以各种方式纪念邵飘萍。

邵飘萍是浙江大学知名校友。而今，在浙江大学校史馆内有一幅长卷油画，画卷上的99位浙江大学知名校友或立，或坐，栩栩如生。这些校友中，第一位是汪康年，第二位就是邵飘萍。在浙江大学药学院的东边，还有一条风景优美的"飘萍路"。

邵飘萍是中国新闻界的一面旗帜。以他名字命名的新闻奖——"飘萍奖"，是浙江新闻工作者的最高荣誉奖项，每两年评选一次。

在他的家乡金华，市中心的婺江公园竖起了邵飘萍雕像；东阳市南市街道有所飘萍小学，学校内还有邵飘萍纪念馆；还有金华市区的邵飘萍故居。

今年4月，电影《邵飘萍》已通过国家电影局备案、立项公示。

扫码观看

潮新闻

记　者　蔡李章　沈爱群　张纯纯

编　辑　梁建伟

2023 年 7 月 4 日刊发

假如青春有颜色

假如青春有颜色，那该是初春之嫩绿、旭日之金黄、大海之蔚蓝、绚烂之火红。

每个人都有属于自己的青春，五月四日，致敬青年！

▲　1995年，姜军同志援藏期间下乡工作照

今日"五四"，宜五光十色做青年

2023年5月4日发布

@秋秋不是啾啾

在最美好的年纪，一起奋斗前行！不负青春，不负新时代！

@玺燃

这个年代，美好的青春，无法被发掘，无法被品味，无法被正值青春的孩子们深深地印在脑里、刻在心里。人们强调青春的美好，却忘了美好的青春若不细细品味，那与垂暮之年又有何分别呢？

@流川铭

青春如初春，如朝日，如百卉之萌动，如利刃之新发于硎，人生最宝贵之时期也。青年之于社会，犹新鲜活泼细胞之在身。

潮文摘要

今日"五四"，宜五光十色做青年

今天，五月四日，一定是最五光十色的日子。

如果青春有颜色——

"青年如初春，如朝日，如百卉之萌动"，五彩斑斓就是青春的本色。热烈如红色、朝气如绿色、勇敢如蓝色、优雅如青色、明媚如黄色、烂漫如粉色……

当代青年，把自己奉献在油绿的田野间、蔚蓝的天空中、火红的跑道上、皑皑的冰山里……

青春是一团莽撞的重墨，跌跌撞撞、匆匆忙忙，晕出浓浓深浅的不同色彩。它迎着光，肆意生长。

哪怕暂时灰暗，也要心向光明；哪怕荆棘丛生，也要风雨兼程；哪怕身影微弱，也要竭力发光。

每一位青年身上折射出的颜色，都是这个叫代的底色。

致敬，向每一位发光的青年。

扫码观看

潮新闻

监　制　谢　晔

文　案　张　彧　褚陈静　应雨芯

视　频　徐克涛　马　丁

协　调　张梦月　李　睿

2023 年 5 月 4 日刊发

跑进西湖春风里

观潮

四月的西湖无疑是最引人入胜的，且不必说烟柳画桥的风景，氤氲的空气就已让你沉醉。

从西湖天地出发，柳浪闻莺、雷峰夕照、花港观鱼、苏堤春晓、曲院风荷、平湖秋月、断桥残雪等"西湖十景"尽收眼底。

"潮闻西湖全民健康跑"全长10公里，赏美景、健体魄、悦身心。我起了个大早，鸣了个响笛，却无缘与世界冠军一起跑，遗憾乎？

◀ 潮闻西湖全民健康跑暨"西湖10公里"×"纯悦城市跑"活动现场（林云龙　摄）

"西湖10公里"能跑出怎样的"潮"范儿？

2023年4月28日发布

潮友互动

@富外婆

　　潮新闻组织得真好！工作人员认真负责，后勤补给也很不错，天公又作美，大家跑得开心，笑得嘴巴都合不上了！感谢小编，让我们三个小姐妹的欢乐样"上了墙"，以后有机会我们一定多多参与潮新闻的活动。

@潮客-柚乡小草

　　冠军带跑，千名跑友跟跑，这个"西湖10公里跑"真的"圈粉"了，给西湖美景增色，为杭州亚运助力。

潮文摘要

"西湖10公里"能跑出怎样的"潮"范儿？

　　上至"50后"、下至"15后"，4月28日，近千名跑友齐聚西子湖畔，在赛艇世界锦标赛冠军、广州亚运会冠军严诗敏的带领下，冲出起跑线，跑进极富诗意的"西湖10公里"画卷。

　　这是潮新闻客户端携手世界级IP西湖共同打造的"潮闻西湖全民健康跑暨'西湖10公里'×'纯悦城市跑'"活动。

　　在世界文化遗产地举行"西湖10公里"活动，会跑出怎样的诗意，跑出怎样的"潮"范儿？

　　"西湖10公里"或许是全中国最婉约的跑道。柳浪闻莺、雷峰塔、苏堤、西泠桥、白堤、断桥……环湖的每个景点，都是画卷中浓墨重彩之笔。

　　活动也吸引了首届杭州马拉松冠军郑加利加入。此外，现场还有玫瑰跑团、西湖跑团等专业跑团的身影。近千人同跑"西湖10公里"的画面，本身也成了风景。

　　虽然这只是一场全民健康跑，但补给站的设置是瞄准了"中国最好的健康跑补给站"的目标，物资配备规格等同于"杭马"。

考虑到跑者的多样性，工作人员自起点开始，每3.5公里设置一个能量补给站，分别位于起终点西湖天地处、3公里苏堤南口西湖礼物亭处、6公里平湖秋月—西子驿站处。

随着杭州亚运会脚步的临近，全民健身热潮持续高涨。经过亚运年的加持，全民健身更将成为一种常态。就像"潮闻西湖全民健康跑"，今后的每个月和每个跨年夜，潮新闻都将召集全国跑友继续跑下去。

《"健康中国2030"规划纲要》中提到一个短语，叫"全民健身生活化"。在不久的将来，"潮闻西湖全民健康跑"或许能掀起这样一股浪潮。

潮新闻

记 者 郭 婧 林云龙
2023年4月28日刊发

扫码观看

新时代劳动者之歌

　　劳动是辛苦的，也是快乐的、幸福的、美丽的，更是光荣的、伟大的。

　　省委书记易炼红说，我们要大力弘扬劳模精神、劳动精神、工匠精神，共同奏响浙江新时代劳动者之歌。

▲ 新时代劳动者之歌（张恬怡　绘）

浙江庆祝"五一"表彰劳模　易炼红向全省广大劳动者致以节日问候

2023年4月29日发布

@Smallpumpkin

劳动者最光荣，打磨好每一个细节，做自己领域的好工匠。

@bubblemilktea

见贤思齐，向榜样们学习，也祝大家劳动节快乐！

潮 文 摘 要

浙江庆祝"五一"表彰劳模
易炼红向全省广大劳动者致以节日问候

4月28日上午，浙江举行2023年庆祝"五一"国际劳动节暨表彰劳模先进大会。

省委书记易炼红出席大会并讲话。省委副书记、省长王浩主持，王成、陈奕君、夏俊友、刘忻、王文序、王昌荣出席。会议表彰了全国、省"五一劳动奖状""五一劳动奖章"获得者，全国、省工人先锋号获得者和省劳动模范。会上，劳模先进代表作了发言，宣读了《全面贯彻落实党的二十大精神 在助力助推三个"一号工程"中建新功立新业》倡议书。会前，与会省领导看望了劳模先进代表。

易炼红书记向受表彰的劳模先进表示祝贺，向全省工人阶级和广大劳动群众致以节日问候和崇高敬意。他说，劳动是辛苦的，更是快乐的、幸福的、光荣的、伟大的。勤劳智慧的浙江人民用双手和汗水，书写了一个又一个创新创业创造的奇迹，演绎了一个又一个精彩出彩多彩的篇章，为浙江的昨天增添了厚重底蕴、为浙江的今天增添了亮丽底色、为浙江的明天增添了自信底气。特别是"八八战略"实施20年来，浙江省工人阶级和广大劳动群众锚定习近平总书记当年亲自擘画、为浙江量身定做的"愿景图"，遵照一以贯之、一贯到底的"路线图"，团结奋斗、艰苦奋斗、接续奋斗，推动浙江大地发生了精彩蝶变。实践充分证明，全省工人阶级和广大劳动群众不愧是为浙江改革发展勇挑重担、勇挑大梁的最强主力军，不愧是值得信赖依靠、值得讴歌礼赞的最美奋斗者。

易炼红书记强调，今年是全面贯彻落实党的二十大精神开局之年，是"八八战略"实施20周年，也是杭州亚运会、亚残运会举办之年。希望全省工人阶级和广大劳动群众深入学习贯彻习近平总书记关于工人阶级和工会工作的重要论述精神，扎根浙江热土、投身发展热潮、焕发劳动热情，更好发挥主力军作用、彰显主人翁担当，强力推进创新深化改革攻坚开放提升，在奋力谱写中国式现代化浙江篇章中再创新业、再立新功、再展雄姿。要永葆政治本色，团结一心跟党走，结合开展学习贯彻习近平新时代中国特色社会主义思想主题教育，聚焦主题、凝心铸魂，紧扣主线、爱国奉献，增强主动、团结奋进，进一步增强坚定捍卫"两个确立"、坚决做到"两个维护"的高度自觉；要扛起责任担当，敢为人先立潮头，保持勇闯新蓝海的创新锐气，增强敢啃硬骨头的改革胆气，展现阔步闯天下的开放大气，积极投身三个"一号工程"、助力推动高质量发展，树立"人人都为亚运添光彩"理念，齐心协力把"家门口的大事"办成功、办漂亮、办精彩；要学习榜样精神，见贤思齐争一流，大力弘扬劳模精神、劳动精神、工匠精神，唱响劳动最光荣的主旋律，形成劳模最可敬的好风尚，树立工匠最吃香的正导向，共同奏响浙江新时代劳动者之歌；要锻造高强本领，艺高胆大展英姿，进一步打开学习通道、找准改革赛道、畅通育才渠道，努力造就一支知识型、技能型、创新型劳动大军。

易炼红书记强调，全省各级工会和广大工会干部要坚定不移走中国特色社会主义工会发展道路，坚守职工群众工作主阵地，广泛开展宣传教育活动，全力促进和谐劳动关系，当好职工群众的贴心人、勤廉建设的示范者，推动浙江工会工作继续走在前列。

潮新闻

记 者　翁浩浩　梁 亮

2023年4月28日刊发

扫码观看

青春之"苦"

 观 潮

　　青年人"自找苦吃"，当然不是为苦而苦。

　　"宝剑锋从磨砺出"，"苦"可以砥砺意志与品格；

　　"十年寒窗苦读"，这"苦"是知识的积累、本领的长成；

　　"梅花香自苦寒来"，人生由苦到甜，终于抵达成功的彼岸。

　　▲　"梅花香自苦寒来"（张恬怡　绘）

　　学习笔记①：青年人就要"自找苦吃"

2023年5月5日发布

👤 @balabalabalaba
青春就是不服输，努力拼搏，跌倒了，继续站起来冲！

👤 @smallpumpkin
在困难磨砺中坚定理想信仰，走向理想的彼岸。

👤 @Bonnechanceup
时间之河奔流不息，而每一滴水珠，都蕴藏着奔腾的力量。

潮 文 摘 要

学习笔记①：青年人就要"自找苦吃"

2023年5月1日，习近平总书记给中国农业大学科技小院的同学们回信时强调："你们在信中说，走进乡土中国深处，才深刻理解什么是实事求是、怎么去联系群众，青年人就要'自找苦吃'，说得很好。""自找苦吃"，就要在困难磨砺中坚定理想信仰，砥砺自身品质，锻炼成事本领，使人生由苦至甜，走向理想的彼岸。

就在人们欢度"五一"小长假期间，两位中国"90后"在各自领域创造了历史，赢得了世界赞誉。丁立人成功"加冕"为国际象棋史上第17位世界棋王；张之臻频频突围，闯入网球马德里大师赛男单八强。尽管如今中国的社会、经济条件已今非昔比，但"自找苦吃"仍然是青年们走向成功、赢得未来的那把"金钥匙"。

志从苦中砺。"自找苦吃"不是被动受苦，而是主动在困难中调整心态、磨炼意志。如今我们拥有良好的学习、工作、生活条件，但是"拼一拼""闯一闯"的志气不能丢。才从苦中长。"自找苦吃"不是为苦而苦，而是坚持用所学的理论知识去指导实践，积累经验、增长才干。功从苦中建。"自找苦吃"不是盲目吃苦，而是坚定目标，锲而不舍地努力。

　　苦，是味道；吃苦，是淬炼。敢吃苦、会吃苦、能吃苦，相信"这一届"年轻人中将涌现更多丁立人、张之臻这样的"后浪"，打拼出一个更加美好的中国。

潮新闻

评论员　逯海涛

2023 年 5 月 3 日刊发

扫码观看

"挖呀挖呀挖"

观 潮

最近，一段"洗脑"的视频在网络上疯传，这位就职于杭州一所幼儿园、名为"桃子"的"00后"老师，凭借"挖呀挖呀挖"已获超过900万的点赞量。

她突然"走红"的原因是什么？是因为我们都还保持着那一份童真吗，是因为辛苦奔波的身心需要被"治愈"吗，还是因为这个视频给大家留下了足够的再创作空间？当事人的回应来了。

▲ "桃子老师"抖音视频截图

"挖呀挖呀挖"杭州"00后"幼师上热搜　当事人最新回应来了

2023年5月6日发布

💬 潮友互动

👤 @猪猪侠来也
　　喜欢"桃子老师"这种热爱自己的工作和生活的状态，希望她传递更多美好。

👤 @lagrange21
　　普通人在"网络流量"面前要保持初心很难得。

👤 @杰拉多尼
　　年轻，就要做最闪耀的自己。任何褒贬评价，在时间面前，都缺乏现实意义。愿你（"桃子老师"）能够永远保持纯真和快乐。

潮 文 摘 要

"挖呀挖呀挖"杭州"00后"幼师上热搜
当事人最新回应来了

　　2023年5月，一段"洗脑"的手指视频在网络上"走红"——一位名为"毛葱小姐（桃子老师）"的短视频用户，于4月24日发布了一首儿歌的演唱视频《挖呀挖呀挖》，相关话题词#美女幼师凭挖呀挖呀挖走红#一度登上微博热搜。

　　网友们纷纷留言——"救命，我已经挖了一天一夜了""听了一上午，最终明白，原来是我们还保持那一份童真"……各行各业为生活辛苦奔波的网友在被这首儿歌治愈的同时，也参与到了对视频的改编中。

　　潮新闻记者联系上了这位"桃子老师"。据了解，她现在就职于杭州的一所幼儿园，是一名"00后"。她说，她喜欢在短视频平台发布视频记录自己的生活日常，突然就"火"了，她也没想到。说到"突然火了"之后的状态，"桃子老师"表示"还有点不适应"。

　　她说："近期我也有开直播，后台也有'粉丝'在催我（直播）。不过，我开直播就是单纯的聊天，时长都控制在二三十分钟。在开播的过程中，我也会强调未成年人、有家室的人不要刷礼物，不要打赏。"

　　谈到今后的打算，"桃子老师"说，她目前还不会离开现在的工作单位，"如果说后面工作变动的话，也不会离开教育行业"。

潮新闻

记　者　杜雪梅　毛玮琦

2023年5月6日刊发

扫码观看

奋斗的泪泉

 观 潮

冰心说:"成功之花,人们只惊羡她现时的明艳!然而当初她的芽儿,浸透了奋斗的泪泉,洒遍了牺牲的血雨。"

说起中国高中篮球联赛全国总冠军,我们一般不会把它与临海的一所普通中学联系在一起。但是,如果我们回望这所学校几十年的坚守与传承,回想同学们平日里所付出的汗水与泪

▲ 台州临海市以最高礼遇欢迎回浦中学"灌篮高手"回家(王翔 摄)

水，这支回浦中学的少年"梦之队"登顶全国总冠军，就显得那么的理所当然，那么的理直气壮。

一支来自临海的篮球队，登上全国之巅

2023年5月16日发布

潮友互动

@潮客 Nancy
　　看他们的照片和比赛视频，我脑中响起的是灌篮高手的BGM。热血篮球少年，你们真的好棒！

@墨染春风
　　真的好青春热血，少年们意气风发，展现最美好的时刻！

潮文摘要

一支来自临海的篮球队，登上全国之巅

　　2023年5月14日晚，在2022-23赛季耐克中国高中篮球联赛全国总决赛上，浙江临海市回浦中学拼到加时赛，最终以74比73战胜清华附中。这是回浦中学队史上第二次拿下全国总冠军。一场高中生的全国冠军赛，吸引了千万人的关注，而这一回，这支来自浙江临海小县城的篮球队，又一次被全国球迷记住。

　　就在男篮夺冠的同时，远在千里之外的回浦中学校园内也一片沸腾，就连回浦中学校门口小卖部的老板娘金瑟萍，也激动得喜极而泣。

　　一个小县城的高中男篮队，能够和那些来自北上广等各省省会、直辖市的球队分庭抗礼，而且一次又一次地登上巅峰，背后是回浦中学男篮"教父"蒋贤俊从零开始培养篮球队，不断寻找篮球苗子，进行堪比专业队水平的苦

练，让这支篮球队很快成为浙江省青少年篮球的"金字招牌"。另外，在辽宁籍"名教头"罗伦的带领下，这支在球员身材上一直和北方学校有差距的球队，将团队篮球和"小、快、灵"的特点发挥到了极致。

在竞争激烈的全国校园篮球圈中，回浦中学可以骄傲地说道："回浦篮球队是小县城的球队，但我们谁也不怕。"这些球员的故事，并没有在回浦中学举起冠军奖杯之后结束，他们将在各支大学队伍中继续发挥威力，延续"百折不回"的"回浦精神"。

潮新闻

记　者　曹林波　陈　栋
通讯员　刘嘉瑞
2023 年 5 月 15 日刊发

扫码观看

遥望珠峰心亦足

观 潮

走近珠峰，攀登珠峰，是许多人的梦想。

我离珠峰最近的一次是在西藏工作期间去定日县拜访上海的援藏干部。

定日县境内神山众多，海拔8000米以上的就有6座。出县城30多公里，当我们登上海拔5220米的嘉措拉山时，金色的太阳已然升起，数座雪山连绵成白色屏障，金字塔形的珠峰耸立其间，超然鹤立，乳色的云海盘旋在雪山之腰。忽然间，云雾幻化成烟雾迅速上升，美丽的珠峰瞬间被笼罩在浓浓大雾之中，

▲ 珠峰登山者（汗斯 摄）

通往珠峰大本营的路也全部被浓雾所覆盖。

本想走近珠峰，看看世界上海拔最高的寺庙绒布寺以及留下无数攀登世界最高峰勇士足迹的珠峰大本营，终究未能如愿。我在日记本上写道：也许，人世间的很多事情都是可遇不可求的，能遥望到珠峰，足矣！

潮声丨遇难人数远超历史平均，"珠峰热"下的冷思考

2023年5月26日发布

潮友互动

@徐斌

　　姜军社长的推文勾起了我的回忆：10多年前，我也曾凌晨披星夜行，在海拔5000多米的山坡上遥望80公里外沐浴在初阳中的四座雪峰，凭有限的初中地理知识辨别伟大的珠峰，并拍下日照金山的壮丽景象，然后在晨光中赶往珠峰大本营。这已成为我终生难忘的记忆。

@潮客_wzwwz5

　　山是为自己登的，不是为别人登的，没有人会为你的生命买单。

@逆天改命的舞者

　　及时止步，个人追求和生命的重量还是要权衡的，不能随便一股脑儿就冲了。

潮 文 摘 要

潮声丨遇难人数远超历史平均，"珠峰热"下的冷思考

每年5月，一到攀登季，珠穆朗玛峰都很难平静。

1953年5月29日，人类首次登顶这座世界最高峰，新西兰人埃德蒙·希拉里与当地夏尔巴向导丹增·诺尔盖因此举世闻名，也就此开启了持续至今

的民间攀登潮。

过去70年间，登山者们年复一年前赴后继，试图在5月的窗口期探求站上世界之巅的梦想。今年春季，尼泊尔旅游局签发了创纪录的478张珠峰登山许可证，中国首次成为珠峰南坡攀登人数最多的国家，攀登人数达到97人。

近年来，来者不拒的商业模式、日趋周全的登山服务和无限降低的攀登门槛，使珠峰探险愈加受欢迎。对普通人来说，珠峰是唯一能被记住的"第一"，世界之巅象征着极致的挑战和勇气，也意味着"最高的名利场"。在赞助商和媒体的曝光下，攀登珠峰所夹带的名利越来越多，这令很多登山者对珠峰探险心存侥幸。

当珠峰化身聚宝盆，在人们庆祝登顶荣耀的另一面，一些潜在问题正在发酵。

珠峰变得拥挤，在海拔8000多米的陡峭路段，"堵车"变得毫不意外。在蜂拥而至的登山者面前，经验丰富的夏尔巴向导供不应求。经验欠缺的登山者不仅更易受到极端环境的冲击，还可能置他人于危险之中。冷冻在空气稀薄地带的遗体并不罕见。这个春季登山季，已有至少11人在珠峰丧生，其中包括一名中国登山者，遇难人数远超历史平均数值4人。大量涌入的登山者也在破坏珠峰的生态环境。数十年来的登峰活动，让珠峰俨然成为一座"最高的垃圾场"。

得益于日趋成熟的攀登体系，登顶珠峰不再只是遥远的幻想。但也别忘记，8000米以上的高海拔山峰仍然是生命禁区。不是所有仰望过珠峰的人，都能够登顶。但人生的珠峰，本就不应止于喜马拉雅。

潮新闻

记　者　张　蓉　黄小星

2023年5月26日刊发

扫码观看

另一种高考

 观 潮

　　2023年度的高考结束了，但高考肯定不是人生的终点。

　　广西考生唐尚珺参加完人生中第15次高考后发文称："是离开的时候了——永远的18！"自2010年起，读理科的他瞒着家人，在广西各地进行了漫长的复读。如今，再过8天，他即将以高中毕业生的身份迈入34岁。

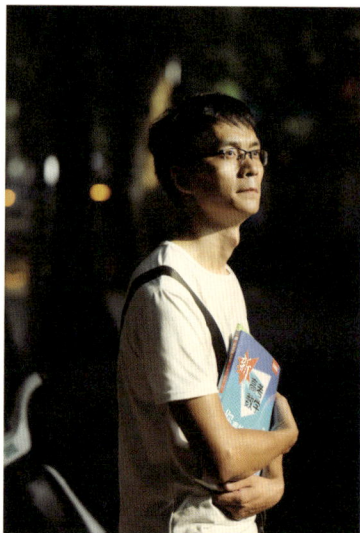

▲　唐尚珺

　　是什么让他如此执拗地参加高考？是因为他心心念念的"清华梦"吗？是因为要赚取高考的奖金吗？从潮新闻记者的采访实录中，唐尚珺的故事听来让人唏嘘。

　　为考清华复读14年，34岁的他将告别高考：认清现实了

2023年6月11日发布

潮友互动

👩 **@Tony**

　　认清现实就对了，浪子回头金不换，人生不只考试一条路，有更多的选择和尝试。

👩 **@采得百花成蜜**

　　尚需要认清一些现实，要识时务，不要再纠结和不甘，选择当下，活在当前，过好今天。

👨 **@潮客_wptj4m**

　　15年坚持下来也是一种胜利。想开了就好，退一步海阔天空。

潮 文 摘 要

为考清华复读14年，34岁的他将告别高考：认清现实了

　　6月9日上午，参加完人生中第15次高考的唐尚珺发文称："是离开的时候了——永远的18!"

　　读理科的唐尚珺曾执拗地怀着一个"清华梦"，为此，自2010年起，他瞒着家人在广西各地进行漫长的复读。复读14年间，唐尚珺的最佳高考成绩达到646分，并先后被西南政法大学、吉林大学、中国政法大学、厦门大学、重庆大学、上海交通大学等多所知名高校录取，他却一次次放弃就读。

　　如今，34岁的他正式向高考告别，决定无论结果如何，今年都去读大学，他坦言："认清现实了，没有那个实力。"

　　广西的高考改革也是促使唐尚珺决定退出高考考场的原因之一。2023年高考是广西文理分科的最后一届高考，自2024年起，广西将实施高考综合改革后的考试招生录取模式，即不再分文理科。

　　谈及今年的高考，唐尚珺表示："清华不太可能了，上'985'没问题。"

他在考虑学师范专业或农学，大学毕业后从事教师行业，"说不定工作了再继续我的想法"。

有网友曾质疑，唐尚珺成为"高考钉子户"是为了赚取高考奖学金。唐尚珺回应称："我没有想过靠高考赚钱，我只是想尽可能实现自己的梦想，通过高考改变现状。"

身为唐尚珺最好的朋友之一，何汉立自2014年起，对他进行了为期三年的跟拍，并创作了纪录片《高十》，公众也由此关注到唐尚珺漫长的复读生活。在何汉立看来，唐尚珺之所以屡次放弃去名校就读的机会，是因为"命运弄人"。

"还有很多大家看不见的千千万万个唐尚珺，这背后是唯分数论的整体教育环境。"何汉立呼吁，希望大家对唐尚珺的关注不要只停留在个人，要跳出来，看见无数在高考路上煎熬着的复读生，看见个人选择背后的时代洪流。

潮新闻

记 者 张 蓉

2023年6月10日刊发

扫码观看

老了的父亲

观 潮

中国的父亲，大多是"严父"人设。

比如我的父亲，平日里总是一副严肃的样子，批评我的时候绝不留情面，父子之间除了聊工作，很少有深入的交流。

那年我离别杭州去西藏，杭城下着雨，父亲在雨中朝我挥

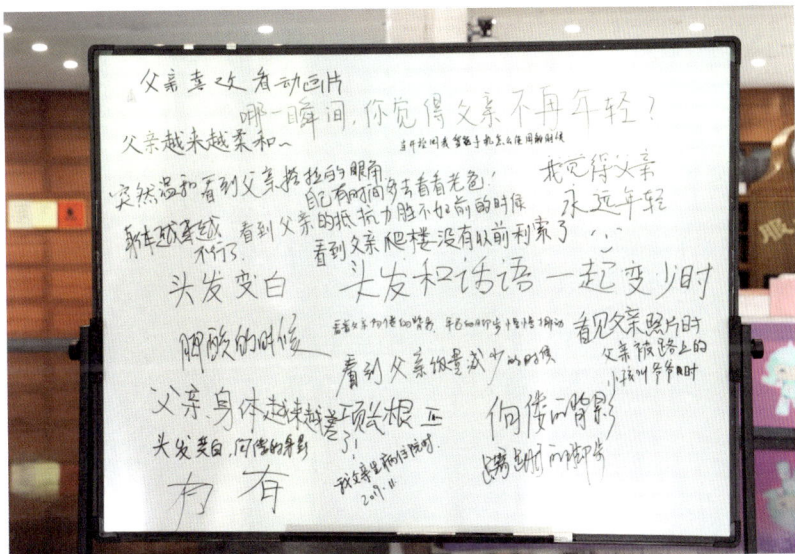

▲ 父亲不再年轻的瞬间（王建龙　摄）

挥手，说："到那边注意安全，家里放心好了。"泪水瞬间模糊了我的视线，依稀见父亲的背影渐渐地消失在雨中……

今天（2023年6月18日）一早收到儿子发来的微信：父亲节快乐！

我一时还没反应过来，原来父亲正慢慢地变老。

潮声视频丨爸爸，你怎么突然老了？

2023年6月18日发布

潮友互动

@逆天改命的舞者

我那"老顽童"老爸，有时候还会对我任性、发小脾气。我喜欢和老爸这样互相撒娇的关系，和老爸天天一起笑哈哈，好快乐。

@潮客-qssth3

这是我第一个父亲节，祝我自己节日快乐，我要努力成为我女儿的大伞。

潮文摘要

潮声视频丨爸爸，你怎么突然老了？

发现父亲开始喜欢看动画片，看到父亲耷拉下的眼角，听到路上的小孩叫"爸爸""爷爷"，哪一瞬间，你觉得父亲不再年轻？日前，潮新闻记者来到杭州图书馆采访了一些市民，他们的回答让人泪目。

▲　在杭州图书馆内，市民用笔写下父亲不再年轻的瞬间（王建龙　摄）

潮新闻

记　者　王建龙

实习生　郭兴超

通讯员　李镜媛

扫码观看　　2023 年 6 月 18 日刊发

共筑精彩

有这样一群人。他们带着泥土的芬芳，在广阔田野里播撒希望的种子，喜看花开花落，收获果实满筐；

他们紧盯反诈前线，每天和诈骗分子展开"抢人、抢钱、

▲ 六位浙江劳动者代表

抢时间"的直接较量，尽心守护百姓的"钱袋子"；

他们翻过墙头、钻过地道，也用过无人机、管道机器人，为的是用专业精神呵护绿水青山；

他们跨越城乡办公，跨越校区走教，让教学名师"飞课"，在乡村校园里带领孩子们奔跑；

他们曾带着"懵懂与迷茫"，投身养老护理事业，以"多边形战士"的名义，陪伴老人看最美的夕阳。

他们是科技工作者，是养老护理员，是教师，是技工，是警察，是环保工作者。他们，是各行各业的劳动者，是6500万浙江人中的一员。

20年，他们，还有我们、你们，在时代阳光的照耀下，以坚守、专业、奋斗、奉献共同造就之江大地的精彩蝶变。

20年，浙江劳动者有哪些奋斗故事？6位行业优秀代表这样说

2023年7月1日发布

💬 **潮友互动**

@圆乐乐 Happy
来自各行各业的劳动者在各自岗位上展现出与时俱进的浙江精神，绘就了一幅共同奋斗的新时代图景。

@潮客_ad38hw
科技特派员始终坚持在一线，和农民兄弟同吃同住同劳动，带动了乡村振兴和全面发展。

@寂静森林
历史由平凡人写就，每个人都是真英雄，没有你们的默默付出，就没有社会的进步。

潮 文 摘 要

20年，浙江劳动者有哪些奋斗故事？
6位行业优秀代表这样说

今年是"八八战略"实施20周年。20年来，沿着"八八战略"指引的道路，浙江一张蓝图绘到底，实现了全方位的精彩蝶变。来自各行各业的劳动者在各自岗位上展现出与时俱进的浙江精神，绘就了一幅共同奋斗的新时代图景。6月30日，在"我'浙'二十年"记者见面会上，来自基层一线的6位优秀代表分享了他们的动人故事。

潮新闻

记 者 黄慧仙 徐雪纯 王璐怡

2023年6月30日刊发

扫码观看

马拉松的魅力

观　潮

人生总是有许多的偶然性和可能性。

老家在贵州安顺的岑万江并不是一名专业运动员，九年前，他来到温州乐清虹桥镇打工，为锻炼身体，经常早上跑步。有一次，他偶遇了当地一位马拉松俱乐部负责人，并在其鼓励下加入了一个跑团。之后，他的人生发生了重大转折。

从开启马拉松旅程，到"裸辞"转为职业跑者，他义无反顾地奔跑在马拉松的赛场上，自己制订训练计划，自己选择营养方案，自律、克制、执着、不急不躁，日复一日规律而枯燥地训练。"该来的总会来的。"他说。在今年上半年的马拉松赛季里，他拿下了10场全程马拉松比赛中的7个冠军。真心祝贺他。

马拉松运动在国内是近些年才风靡起来的，跑马拉松也是一件很时尚的事情——清晨，在湖畔、在江边、在田野边见到穿着专业跑鞋、统一运动装束结伴而行的跑友，我们会投去羡慕的目光。马拉松运动的魅力在于运动场地的开放，在不同地方跑马拉松会有不同的体验。跑马拉松也没有性别、年龄、体重等方面的限制，成千上万的人聚集在一起，激情四射、活力

▲ 从修车工逆袭成为"马拉松大神"的岑万江（2022建德17℃新安江马拉松组委会 提供）

逆发，这也是马拉松运动最吸引人的地方，而马拉松比赛现在也到了一席难求的地步。

　　运动是健康生活方式的标志，良好的运动习惯可以改善身体的机能，而且运动可以释放压力，对保持工作专注度、提高工作效率也大有帮助。只是，马拉松运动是对人体极限的挑战，不一定适合每个人。不过没关系，让潮新闻记者带你去亚运会场馆，挑一挑你喜欢的运动。

参赛13场，拿下7个冠军！32岁的他，从修车工逆袭成"马拉松大神"

2023年7月3日发布

潮友互动

@潮客_3drkhz
　　每个人都应该有追求自己喜欢的事业的机会，岑万江就是一个很好的例子。

@酒吞往事
　　人生充满了可能性，日本作家村上春树也是"马拉松大神"，这种跨界的体育参与反映了体育的魅力。

@心向光
　　他的经历很励志，证明了只要有信念和努力，无论在什么行业都有机会成为最棒的。

潮文摘要

参赛13场，拿下7个冠军！32岁的他，从修车工逆袭成"马拉松大神"

　　天气越来越热，上半年的马拉松赛季已渐近尾声。在长达近5个月的马拉松赛季中，有一名跑者拿出了这样一份成绩单——参赛13场，其中10场全程马拉松，拿下7个冠军，个人最好成绩刷新到2小时13分16秒，无限接近2小时13分的马拉松国际运动健将水平。

　　更惊人的是，手握这张成绩单的，不是专业运动员，而是一名从浙江跑团走出去的业余跑者。

　　2014年，岑万江从贵州来到温州乐清虹桥镇的工厂打工，为了锻炼身体，开始每天早上跑步。之后，岑万江代表虹桥镇参加了当地四年一届的运动会。"我现在还记得，那次比赛我拿了第二名，当时镇里还给了600块钱的奖金。"这600块钱的奖励，对他意义非凡。"我从没想到，跑步还可以赚钱。"

28岁的时候，岑万江"裸辞"成为一名全职跑者。

和国家队选手充足的后勤保障不同，岑万江的"团队"从来都只有他一个人：自己制订训练计划，自己制定营养方案。在外人看来，这样的配置有点业余，但他说："我不断地总结、调整，摸索出了一套适合自己的训练方法。除了没有医疗保障团队，我觉得从训练层面上说，我和专业队员的区别并不大。"

天道酬勤。2020年10月，他的成绩突破2小时20分。今年2月，他跑进2小时15分。而随着成绩的提升，各种资金支持、产品赞助都找上门来。

这个独行侠似的跑者，下一个目标是挑战国家队。

"2019年之前，我从没想过可以赶上国家队选手。"但随着成绩越来越好，他的信心也越来越足，"参加比赛时，我会留意他们跑的成绩，我发现，有时候，他们跑得还没我好，所以没什么好发怵的。"他说，"我觉得我完全有机会跑赢他们。"

潮新闻

记 者 王 琼 李 颖

2023年7月3日

扫码观看

也谈"看不见的手"

观潮

今年以来，淄博烧烤顶流"出圈"，淄博也成了"五一"假期全国最热门的旅游城市之一。

近期，淄博不少烧烤店铺寻求转租的话题不断被提及，夏天的火热与淄博的降温恰好出现在同一个时点。细细想来，这也毫不奇怪，这是市场这只"看不见的手"的作用使然。

早在1986年，《浙江日报》曾报道过浙江桐乡产销双方忽视商品经济规律致使白菊花的价格大起大落，菊花价格先从每斤1.2元暴涨到15.5元，又暴跌到两三毛。这则报道引发了大家对商品经济的广泛讨论，《浙江日报》也借此新闻报道给人们上了一堂生动的商品经济规律课。撰写这篇报道的作者之一是现任农夫山泉董事长钟睒睒，他当时是《浙江日报》的记者。

多年前，有人说"站在风口上，猪也能飞起来"。那我们不仅得知道猪为什么会飞起来，为什么要飞起来，也得知道大风过后猪肯定会掉下来。

潮声丨火热的夏天来了，淄博烧烤却要"凉"了？

2023年7月8日发布

潮友互动

@黄芳

街头艺术要有"烟火气"，要体现街头艺人的热爱、随性和洒脱。

@潮客_wis8hj

最终还是要看口碑的，"网红"之名带来的热度只是一时的，大浪淘沙后留下的才是最好的。

@潮客_asurhz

音乐节、动漫展、夜间经济……只要淄博文旅部门打开思路，烧烤的热度就下不来！

@幸福满满和你和我

的确感觉现在淄博烧烤的热度没有之前那么高了，但这不是更适合去吃了吗？之前人太多的时候，我真的有点被劝退了。我觉得，现在淄博更应该做好服务和宣传，让去了的游客都赞不绝口！

潮文摘要

潮声丨火热的夏天来了，淄博烧烤却要"凉"了？

2023年的淄博，造就了一场"现象级"流量神话。3月，淄博烧烤爆火"出圈"。5月，全国众多游客"赴淄赶烤"，淄博一跃成为"五一"假期全国最热门城市。

进入夏季，喝啤酒与"撸串"这对夜宵黄金搭档，本应迎来火热的旺季，但在淄博，却透着丝丝凉意。在经历了"五一"之前火热的"开业潮"之后，近日，淄博烧烤店又被指出现"转让潮"，上百家烧烤店挂出转让信息。

淄博烧烤究竟有没有"凉"？如今，淄博的客流量虽不敌今年的"顶流时期"，但相较往年同期仍旧多了不少。

此前想要抢占"风口"的烧烤店店主，有些的确开业不足3个月就挂出"转让须知"，预备随时"止损"。据一个转让商铺的店主宋远介绍，当初看中淄博烧烤"出圈"所带来的流量后才"入局"，如今，在没有稳定客流的情况下，赔钱是早晚的事，不如趁早将其转手。

烧烤老店们的生意则依旧坚挺。"比不上最火的时候，但这几天门店生意依旧爆满，需要排队。"身兼淄博市张店区烧烤协会会长的正味烧烤店负责人刘静表示，目前，淄博市张店区烧烤协会共有会员单位70余家，多为淄博当地烧烤"老字号"，它们开展品质经营，无一家出现关店情况。

当地从业人员透露，店铺的开业与转让更像是一种市场规律，只不过今年淄博烧烤的"出圈"，使得这样的行为被放大。事实上，每年3月到国庆假期期间，是淄博烧烤商户的旺季，一些看上去"不太行"的店铺会选择在6月就开始转租，等到来年1月再收回来或者盘新店。

在山东旅游营销专家委员会专家孙小荣看来，"网红"效应具有时效性，不论是关注度、流量、实际消费客群的减少，还是经营主体的衰减，都是一种必然现象。但从城市品牌传播的角度而言，"淄博烧烤"已经让淄博赚足了知名度和美誉度，这也是淄博在这波"网红"现象中获得的最大的"果"。

潮新闻

记者　陶　韬　商泽阳

2023 年 7 月 8 日刊发

扫码观看

梦想中创业的地方

观 潮

　　马云为淘宝选"新家"的时候，是一个秋天。闲林湿地，烟雨蒙蒙，柿子树的叶子落了，树上缀满了金黄色的柿子。我们泛着小舟，穿行在并不宽敞的河港里。突然，马云激动地说了一句："这就是我梦想中创业的地方。"

　　后来，我们就让电视台的记者专门请马云先生录了这句话，将这句话作为余杭区对外招商引资的广告词。

　　那时，未来科技城尚未启动建设，文一西路鲜见车辆，以至于有老同志对建设双向六车道还有些疑问。

　　在淘宝城项目奠基时，马云豪情满怀，说要在多少时间内超过零售巨头沃尔玛云云，我们也是将信将疑。

　　还真是应验了那句话：梦想还是要有的，万一实现了呢？

请回答2003：亲，你下单了吗？

2023年5月10日发布

潮友互动

@吴宗其

"知君暗数江南郡，除却馀杭尽不如。" 1000多年前，唐代大诗人白居易用这么一句诗夸尽了余杭。

@今天我叫瓜子

2003年我6岁，我爸妈还在用"小灵通"，家里电脑只能用来玩蜘蛛纸牌…今天，我很怀念小时候。

@潮客_qug6h7

以前在网上买东西是新鲜事，而且还是用的网页端的淘宝。现在大家都已经习惯在手机上买东西了，连我奶奶都会淘宝购物。可以说，淘宝改变了很多人的消费习惯吧！

潮文摘要

请回答2003：亲，你下单了吗?

5月10日，阿里巴巴西溪园区，似乎没什么特别。

20年前的今天，是淘宝诞生的日子。除了园区内的一些游园庆祝，阿里没有专程为这个生日筹备什么官方大型活动。

一位阿里内部人士透露，比起庆祝生日，"向前看"对现在的淘宝来说更重要。

2003年5月10日，淘宝诞生。

彼时，阿里员工带着客户的产品去参加广交会，回杭后确诊感染"非典"。

随后，马云立即做出全员回家隔离的决定。但"你好，阿里巴巴"的业务电话从未停止服务。4月，在湖畔花园组建的秘密小团队加紧研发，于5月正式推出了"淘宝"产品。

"www.taobao.com"的网站首页上，醒目地写着："纪念在'非典'时期辛勤工作的人们。"

…………

淘宝的风生水起，顺应了互联网的蓬勃发展，也铸造了消费时代的新潮流。

逛街，不光可以逛实体的街，也可以逛网上的街。

一句"亲"，是跟着淘宝流行起来的。

与消费者的亲密互动，人与人之间的联结，都从这一声问候开始。

还记得自己抱着"网上也能买东西"的好奇心下的第一单吗？

今天不少"80后"的第一次网购，是发生在淘宝上的。

支付宝等移动支付技术，也是因为生意发生在线上，需要更多信任而诞生的。

购物折射了中国消费的趋势变迁，数万中小企业、商家的白手起家，以及迈向数字经济时代的一系列基础设施建设。

云计算、物流，都随着产业发展不断更迭进阶。直播、智能云客服等新业态，打开了新的产业想象空间，新职业也应运而生。

潮新闻

记 者 祝 梅

2023 年 5 月 10 日刊发

扫码观看

欢迎啊，许县长

2010年3月，在全国"两会"新闻记者会上，时任国务院总理温家宝在回答记者提问时讲了一个故事：元代画家黄公望画了一幅旷世名作《富春山居图》，几百年来，此画辗转流失，现一半藏于浙江博物馆，一半藏于台北故宫博物院。温家宝总理希望有朝一日两画能合成一幅画，并发出了"画是如此，人何以堪"的感慨。

温家宝总理的话直接推动了2011年6月《无用师卷》和《剩山图》在台北故宫博物院的合璧，此事也成为影响深远的文化大事件。

我去台湾南投县访问是在《富春山居图》合璧之后。富阳是黄公望晚年写富春山水之地，因而，我在南投县与许淑华等人交流时自然多了一份亲切。

早上起来看潮新闻，得

▲ 2023年7月15日，台湾南投县县长许淑华率团抵达杭州，接受潮新闻记者采访（施雄风 摄）

知台湾南投县县长许淑华已于昨晚抵达杭州。

欢迎啊，许县长！

台湾南投县县长许淑华率团抵达杭州

2023年7月16日发布

潮友互动

@柠檬小甜心
欢迎来祖国大陆，欢迎来美丽杭州。两岸一家亲！

@潮客_32puhm
期待浙江青年和台湾青年碰撞出智慧的火花。

潮 文 摘 要

台湾南投县县长许淑华率团抵达杭州

7月15日晚，台湾南投县县长许淑华率团抵达浙江杭州，开启为期五天的参访行程。

浙江省台办有关负责人到机场迎接。

浙江是许淑华去年当选南投县县长后率团来大陆参访的第一站。据了解，此次参访团成员共300余人，主要聚焦农业、文化和教育领域，并将分别参加"西湖·日月潭"两湖论坛、2023海峡两岸乡村发展论坛等活动。

潮新闻

记 者 徐 婷 施雄风

2023年7月15日刊发

扫码观看

后 记

没想到，当初个人的一个决定，如今成为"读端"栏目开端的契机，还成为"观潮"诞生的引子。

2023年2月18日，潮新闻客户端上线了。用户的好奇、同行的关注、上级的期待、内生的压力，是我们前行的不竭动力。

让端内的优质内容更好地传播出去，既是行业课题，也是我作为社长的分内之事。于是，我开始在朋友圈转发、点评潮新闻的报道，让那些优质新闻连同我想说的话，在网络社交的平台上激起一朵朵小浪花。

3月，我的点评有长有短，比较随意。4月，有朋友跟我说："近期看社长推文和点评的内容，我受益匪浅，每天都期待'观潮'推送。"之后，无论多忙，我都努力在点评内容中加入更多亲历感悟，像看望一个个久违的老友，像奔赴一场场默契的约定。

原本，我给自己定的小目标是，潮新闻上线百日，写满百篇推文。5月28日，"百日之约"最后一天，我的"观潮"推文达108篇，小目标实现了。

回首"百日坚持"，每天都有各界人士在我的推文下点赞、评论，评论内容有关于新闻本身的话题，也有关于推文的衍生互动。当我在集团大楼里经常被小伙伴拦下，被请求加微信"围观"社长推文的时候；当我把好友评论中对民营经济的真知灼见转达给潮州市委书记陈浩，他收到后表示会认真研究并让我代为感谢的时候；当不少朋友都希望我笔耕不辍、继续坚持的时候，我意识到，自己激起的朵朵浪花，在大潮中得到了绽放，带动了更多人参与思考、讨论。这或许是个新闻传播的"路子"，我的小目标升级了。

于是，我进一步思考，能不能有更多人和我一样，加入"读端"，让更多的浪花在这里澎湃、奔涌。我们尝试延长新闻生产链条，在社交上下功夫，在互动上做文章。很快，"读端"栏目于2023年6月27日上线了。

最美的不是烟花，是每一位闻潮相聚的用户；最暖的不是春阳，是"读端"后用心留下的文字。短短月许，"读端"已有遍布全国各地、各行业的重量级嘉宾40余名，收获的肯定和欢迎远超预期，为潮新闻"深耕浙江、解读中国、影响世界"的目标定位增添了浓墨重彩的一笔。

本书将其中80余篇推文整理成册，除了作为对潮新闻上线以来精彩报道的汇集，也希望借此与大家分享我在文化、城乡、政务、人生等方面的见解和领悟。个人的阅历和知识有限，衷心期盼借本书抛砖引玉，让更多人了解并加入"读端"，成为"观潮者""赶潮人"。"读端"栏目将持续升级，推出高端创作者激励计划，让更多志同道合的"潮友"在此汇聚，碰撞出思想交锋的火花。

当前，潮新闻客户端随着时代潮水不断向前，用户数已超4000万，当时的诸多不确定性慢慢演变为确定性。

在此，我要感谢每一位关心潮新闻发展的人，你们是潮新闻努力攀登的活力源泉；要感谢每一位加入"读端"的嘉宾，你们熠熠生辉的智慧点亮了这一初生的栏目；要感谢浙江日报报业集团众多采编人员，书中所涉报道都是他们劳动和智慧的结晶；还要感谢所有参与编辑和整理的同仁，特别是潮新闻编采团队，以及那些默默奉献的小伙伴们。

潮起微澜，每一份力量都是汇成大潮的前奏；潮声如诗，蕴藏着大海一般的哲理和启示：向潮而生，愿每　名观潮者都能男立潮头；以潮之名，愿潮声越传越远，响彻天际。

2023 年 7 月